KB115116

복수의 길

의

강준현 장편 소설

FUSION FANTASTIC STORY

도서출판 청어람

복수의 길 2

강준현 장편 소설

초판 1쇄 찍은 날 § 2014년 1월 7일
초판 1쇄 펴낸 날 § 2014년 1월 14일

지은이 § 강준현
펴낸이 § 서경석

편집부장 § 권태완
편집책임 § 이효남

펴낸곳 § 도서출판 청어람
등록번호 § 제1081-1-89호
등록일자 § 1999. 5. 31
어람번호 § 제1-1751호

주소 § 경기도 부천시 원미구 심곡2동 163-2 서경B/D 3F (우) 420-822
전화 § 032-656-4452 팩스 § 032-656-4453
http://www.chungeoram.com
E-mail § chungeorambook@daum.net

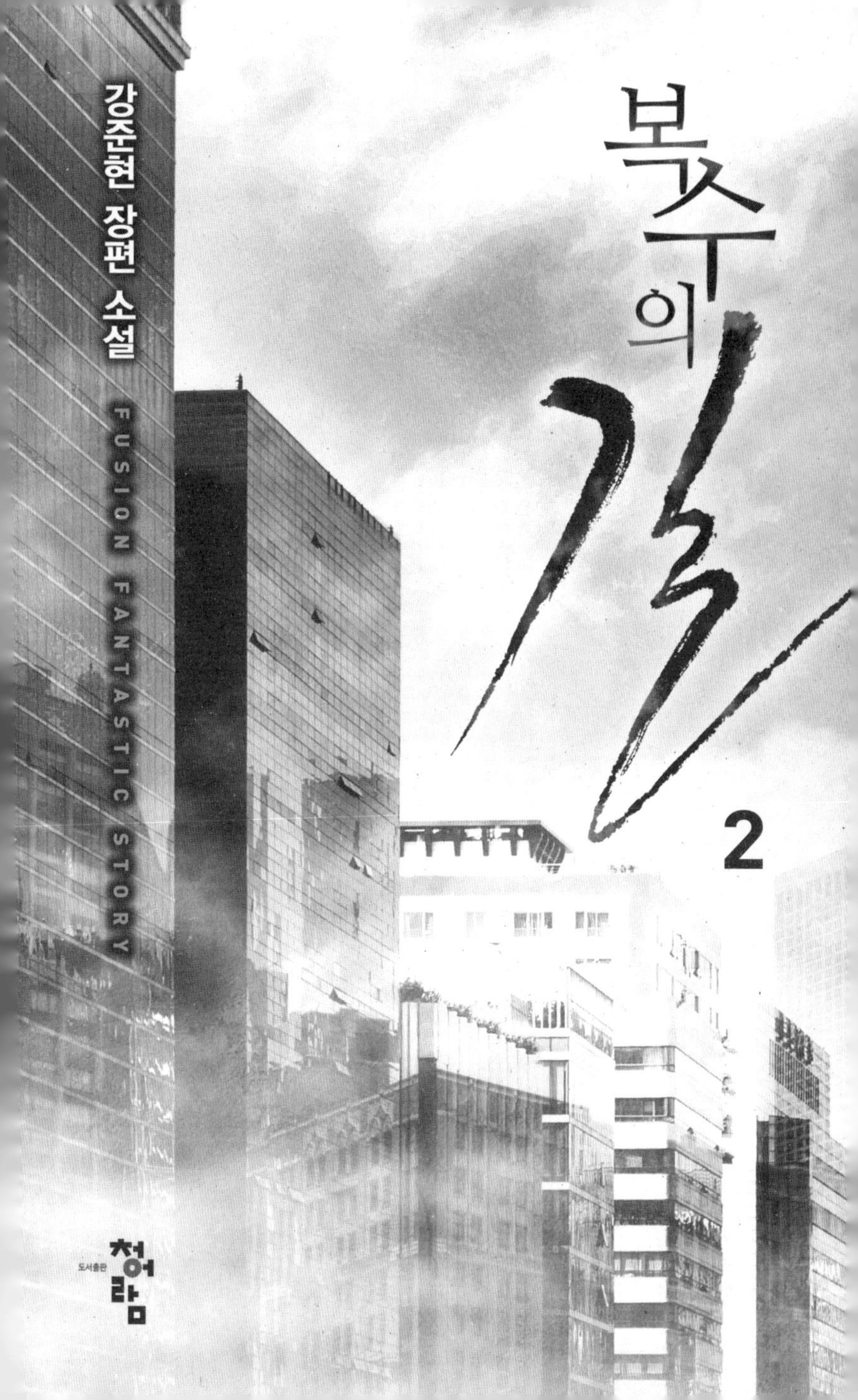
강준현 장편 소설
FUSION FANTASTIC STORY
복수의 길
2
도서출판
청어람

복수의 길

CONTENTS

1장

다시 시작

"노, 놈을 죽여!"

새파랗게 질린 금필영은 뒤로 물러나며 명령을 했다. 하지만 나에게 대적하려는 이들은 아무도 없었다.

긴장감은 금세 사라진다.

"에이. 이제 그만해야겠다. 재미없네."

"……?"

공장을 덮던 살기는 씻은 듯이 사라졌다.

"저 놈을 죽이라고! 쏴! 쏴버려!"

금필영은 다급하게 외쳤다.

하지만 아무도 움직이지 않았다. 오히려 몇 개의 총구가 금필영에게 향했다.

"이봐, 금필영. 당신, 머리 좋잖아. 이 상황이 이해가 안 돼?"

"무, 무슨 말이지?"

"설마? 내가 당신하고만 계약했다고 착각하는 건 아니겠지?"

내 말의 의미를 깨달은 금필영의 안색은 급격히 죽어갔다. 몇 명을 공장 입구에 배치시키고 나머지는 모두 해산시켰다.

넓은 공장 안에는 나와 금필영, 그리고 나와 손을 잡은 두 사람 이렇게 넷만 남았다.

"내가 당한 건가?"

무릎을 꿇고 있는 금필영은 고개를 숙인 채 중얼거린다.

"당신이 당한 게 아니지. 난 어제까지만 해도 당신을 같은 편이라고 생각했으니까."

"무슨……?"

"당신과 한 배를 탄 후, 난 하루와도 한 배를 탔어. 아! 그 배를 탔다는 얘기는 아니고."

"크하하하! '그 배'도 탔군."

"그러게. 하하하하!"

임종길과 송민수의 웃음소리가 공장 전체를 울린다.

"그냥 같은 편이라고 하지. 하루에게 제안을 했어. 내가 받기로 한 20%를 아가씨들에게 주고 대신 정보를 달라고 말이지."

"당연히 그래야지. 배를 탄 사이인데. 하하하하!"

이 인간들이!

"…어쨌든 그들은 허락했지. 그 뒤로 그들은 자신이 있는 위치, 그리고 누구와 있는지를 보내왔어."

"그래서 이곳이 함정인 걸 알았군."

"맞아. 오늘 당신은 미네르바 호텔에 있는 정찬구에게 세 명이나 붙여줬더군. 그들에게 메시지를 받고 당신이 배신했다는 걸 알았어. 참, 여기 두 분도 이곳에 관한 일을 보내줬지."

"그랬군……."

"당신의 충고를 받아들인 결과지."

"한데 이 두 사람은 어떻게……? 허허허허! 이들을 설득한 건가? 나처럼?"

난 금필영의 말에 고개를 끄덕였다.

"당신이 제안한 것보다 훨씬 더 많은 것을 제안했어. 제 제안이 더 마음에 드셨죠?"

난 임종길과 송민수에게 물었다.

"그런 제안을 싫어 할 사람이 있나? 특히 이 바닥에서."

"난 이 친구 배포에 놀랐다니까."

"어떤 제안을 한 거지?"

"생각해 보면 금방 결론이 나와. 배의 주인이 바뀌었는데 배를 누가 차지할까? 난 큰 배를 나누기로 했어. 마침 찬구와

가 세 개의 지역을 가지고 있으니 임종길 사장님께 하나, 송민수 사장님께 하나를 드리기로 했지."

"크크큭! 내가 질 수밖에 없었나? 하지만 정찬구의 힘을 무시하지 말게. 그가 동원할 수 있는 인원은 생각보다 훨씬 많아."

"충고는 고맙지만 이미……."

쫘앙!

입구의 문이 열리며 보초를 보던 한 명이 허겁지겁 달려온다.

"형님! 지금 꽤 많은 인원들이 몰려오고 있습니다!"

"몇 명이나?"

"이런 수하들을 보내는 게 아니었어!"

"크크크! 정찬구 사장이 자네의 음모를 알았나보군."

두 사장은 낭패의 기색이 역력했고, 금필영은 득의의 웃음을 짓는다.

난 약간 큰소리로 그들을 진정시켰다.

"마지막 구역을 가질 분이 오셨네요. 주인 될 분만 들어오시라고 하면 될 겁니다."

"자, 자네. 미리 언질이라도 줄 것이지……."

"이거야 원, 쩝!"

"이제 비밀은 더 이상 없습니다. 세 지역이니 세 사람이 필요하지 않겠어요?"

"근데, 마지막 사람은 누군가?"

임종길이 넌지시 묻는다.

이미 마지막 사람이 들어오고 있었기 때문에 난 조용히 있었다.

"핫핫핫핫! 종길이, 민수. 오랜만이야!"

"며, 명환이 형님?"

"죽었다고 들었는데……."

"놀라긴. 나도 머리가 있는 놈이라고. 저 녀석의 제안을 거절할 배포는 없더군."

"진명환 사장님. 여기 두 분은 이제 동등한 동지니 대접을 해주세요."

"아, 그야… 그렇게 해야지. 그래도 형님인 내가 말을 높일 순 없잖은가? 안 그래?"

진명환의 등장에 놀란 사람은 비단 두 사람뿐만이 아니었다.

금필영의 경우는 뭔가가 생각난 듯 눈을 부릅뜬 채 날 바라본다.

"실종된 게 아니라 자네의 제안을 받고 몸을 숨긴 거였군."

"어이! 금필영이. 넌 헛똑똑이야. 싸움꾼이 아닌 네놈이 보기엔 이 녀석이 그냥 어린애로 보이겠지만, 내가 볼 땐 이런 녀석은 피해야 할 놈이라고."

"큭큭큭! 나도 그렇지만 의리라곤 쥐뿔도 없군."

"의리? 이 새끼야! 난 십오 년 간 칼 밥 먹으며 이곳까지 왔어. 근데 정찬구가 나에게 해준 게 뭐있어? 오히려 돈 잘 번다고 널 이사로 앉힐 때부터 의리는 깨진 거야."

"컥! 억! 크윽!"

"그만하세요."

진명환의 발길질에 금필영은 연신 바닥을 긴다.

난 그를 말렸다.

진명환은 머리는 좋은데 사람이 너무 과격하고 급하다는 단점이 있었다.

"금필영. 이렇게 돼서 유감이야."

어차피 살려 둘 수 없는 인물이었다.

"내가 죽게 되면 내가 운영하던 사업은 사라지게 될 거야! 아가씨들과 손님 명단은 다 나에게 있다고. 그걸 줄 테니 제발 목숨만은 살려주게."

마지막이라는 걸 깨달았는지 살려는 의지가 눈에 가득하다.

"그렇지 않아. 하루가 아가씨들을 관리하게 될 거야. 손님들은 아가씨들이 상대하던 이들이니 아가씨들이 더 잘 알겠지."

"돈을 주겠네. 나에게 숨겨둔 돈이……."

난 그의 아혈을 집고, 마지막 고통에서 벗어나라고 마혈을 찍어 몸을 마비시켰다.

"자, 이제 마무리를 하죠."

진명환, 임종길, 송민수와 모여 섰다.

"왜, 마무리지? 아직 정찬구 사장이 남았잖아."

임종길의 질문에 답은 진명환이 대신했다.

"찬구 형님은 내가 고이 모셨다."

그가 무슨 말을 하는지 다 이해를 한 모양이다. 정찬구를 옆에서 보호하던 조직원들은 모두 진명환의 휘하로 들어갔다.

미네르바 호텔에서의 일은 진명환이 해결한 것이다.

"그럼?"

"네. 이제 배는 세 분이 주인이죠. 이곳 일을 마치고 각자 구역으로 가서 조직원들을 다독이면 끝입니다."

"그럼, 금필영 저자는?"

"임 사장님과 송 사장님이 처리해 주세요. 진 사장님은 모시던 형님을 처리했고, 전… 여러분이 아시겠지만 꽤 많은 일을 했죠. 두 분도 같이 손을 더럽혀야죠."

"그 말은?"

"맞아요. 이익을 함께 가졌으니, 비밀도 함께 해야죠. 그래야 다들 편하지 않겠어요?"

"그래서 마무리라 했군. 안 그래도 한 일이 없어 미안했는데 잘됐군."

"직접 눈으로 확인하겠나?"

임종길, 송민수 두 사람은 품에서 칼을 꺼내며 묻는다.

"전 피에 약해서……."

"하하하! 웃으라고 한 얘기라면 성공일세."

"사실 다른 일이 있어요. 확인은 진 사장님이 하시면 되겠네요. 그리고 조직이 정비된 후 한 번 모이셔야 할 겁니다. 지역도 나눴으니 돈도 나눠야지 않겠어요?"

난 세 사람에게 눈인사를 한 후 밖으로 나왔다.

어느새 높이 솟은 초승달이 칼처럼 차갑게 느껴진다.

정찬구를 죽이지 말고 살려서 지정된 장소에 놔둘 것을 부탁했다.

진명환은 공장을 나올 때 고개를 살짝 끄덕이며 그렇게 했음을 말해줬다.

지정된 장소는 미네르바 호텔 옥상이었다.

평소라면 굳게 닫혀 있을 옥상 문이 열려 있었다.

"어이, 정찬구. 고생이 많아."

"우욱~ 우욱!"

손과 발이 테이프로 꽁꽁 묶여 있고 입에는 양말로 보이는 물건이 물려 있었다. 그리고 그의 옆에는 서류 가방 하나가 놓여 있었다.

"애들이 참 싸가지가 없어. 안 그래? 아침까지 사장으로 모시던 분의 입을 막는데 냄새나는 양말을 사용하다니. 쯧"

난 입에 물린 양말을 빼주었다. 숨쉬기가 곤란했던지 한참을 몰아쉬더니 묻는다.

"후욱, 후욱! 넌 누구지?"

"이거 너무하네. 죽이라고 한 사람의 얼굴도 몰라?"

"내가 널 죽이라고 했다고?"

"하긴, 너무 많이 죽이라고 했으니 기억도 안 나겠군? 생각해봐. 맞히면 고이 보내주고, 못 맞히면 오늘 밤 지옥이 어떤 곳인지 맛보게 될 테니까."

내가 누구인지 열심히 생각하는 듯한 정찬구.

하지만 기억을 못하나 보다.

"모르겠어. 미안하네. 하지만 날 살려준다면 상상 못할 돈을 주겠네."

"훗! 내 상상력을 우습게 보는군. 찬구파와 당신의 재산, 그리고 당신의 몸을 판다고 해도 내 상상력에는 못 미칠 거야."

"아, 안 그래! 숨겨놓은 재산이 꽤 많아."

"됐어. 저승 갈 때 노자로 사용해. 기억이 안 나신다면 나게 해주지."

난 팔, 다리에 있는 혈도 몇 개를 눌렀다.

"사람의 몸을 지탱하는 건 뼈와 근육이야. 한데 근육이 몸을 압박하기 시작하면 어떻게 될까?"

"으… 으!"

"이런, 벌써 시작됐나? 근육이 몸을 압박하면 일단 신경과 혈관을 눌러 온몸이 찌릿찌릿해져. 그러면서 신경은 끊어지고 혈관들이 터져나가지. 발과 다리일 뿐이니 당장 죽지는 않을 거야. 그 다음 뼈를 부셔!"

"으윽! 사, 살려줘."

"내가 누구인지 맞춰보시지. 시간이 없어. 10분이면 뼈에 금이 가기 시작하고 부서질 거야. 그 고통이 어떨지 생각해봤나?"

"으~ 신종국, 유재호, 으윽! 강경남, 이수예……."

생각나는 대로 말하는 건지, 실제로 죽인 인물들인지 모르지만 참 많기도 하다.

그렇게 10분쯤 지났을 때 내 이름이 나왔다. 그래서 혈도를 풀었다.

"…박무찬, 으으악! 전도… 허억허억!"

"맞아. 내 이름은 박무찬. 아깝네. 조금만 늦게 풀었으면 뼈가 부러지는 모습을 봤을 텐데. 사실 이 기술을 10분 이상 견디는 사람이 없더라고."

"네, 네가 박무찬이라고……."

"그래. 몇 달 전부터 날 감시하고 있었지? 신수호가 시켜서 말이야."

"그, 그래 신수호야. 신수호가 사주한 거야."

"걱정 마. 지시한 신수호도 실행한 당신처럼 해줄 테니."

"아냐! 내, 내가 실행한 게 아냐. 중국 조직 중 중화회라는 곳에서 실행한 거야."

중화회?

설마 섬에 가둔 놈들이 중화회 이놈들인가?

"그래? 그럼 그놈들에 대해 말해봐."

"서울 강북과 경기도 일대에 있는 놈들이야. 정확한 것은 모르지만 꽤 큰 조직으로 알려져 있어. 내가 아는 놈은 그곳의 장로인데 장노계라는 놈일세."

"어디가면 만날 수 있을까?"

"강북의 동대문 상가의 좌판에서 시계를 파는 놈이야. 쪽지에 '中火'라고 적어 보여주면 대화가 될 걸세."

"아는 사람은 다 불어 봐."

"몰라. 철저한 점조직으로 되어 있다는데 나도 지시만 내렸을 뿐 만난 적은 없어."

산 넘어 산이라더니 딱 그 꼴이다.

"고마워. 대신 고통 없이 보내주지."

"아, 안 돼! 말했잖아, 난 아니라고! 놈들이 실행한 거야."

"아니지. 신수호는 지시자, 당신도 지시자, 중화회가 실행자. 그러니 다들 똑같이 벌을 받아야지. 하지만 당신으로서는 좀 억울하긴 하겠네. 살려주면 안 되는데……."

"내가 할 수 있는 일을 말해주게. 제발!"

내가 뒷말을 흐리자 살 수 있다는 희망을 느꼈는지 묶인 몸을 꿈틀거리며 나에게 붙어온다.

"그럼, 여기 있는 서류에 사인 좀 부탁해도 될까?"

"그게 뭔가?"

난 옆에 놓여 있던 서류 가방을 들고 안에 있는 서류를 꺼냈다.

"나도 잘은 몰라. 진명환이 받아두라고 하더군."

서류를 보니 각종 재산에 대한 소유권 이전 계약서였다.

"이, 이건 안 되네. 이건 가족들을 위한 거야."

"가족이 있었어?"

고개를 끄덕이는 정찬구의 눈엔 간절함이 있었다. 난 사인을 못하고 있는 서류를 들고 찢어 바람에 날려 버렸다.

"아무것도 모르는 가족은 죄가 없겠지. 됐으면 사인해. 마음 바뀌기 전에."

잘 움직여지지도 않는 팔로 사인을 모두 마쳤다. 그리고 그에게서 받은 펜으로 소리를 만들었다.

달칵! 툭! 달칵! 툭! 달칵! 달칵!

정신력이 약해질 때로 약해진 상태.

최면은 금세 걸렸다.

몽롱한 눈빛의 정찬구를 보고 말했다.

"오늘 바람이 참 좋아. 어린 시절 꿈에선 하늘을 날았지. 박수 소리에 당신이 깨어나면 꿈속일 거야. 그러니 어린 시절처럼 하늘을 날아봐. 날아오르는 순간 당신은 알게 될 거야.

당신이 정확하게 어떤 상태인지."

최면을 건 후, 그의 다리에 묶인 끈을 끊고 한쪽에 섰다.

그리고 가볍게 손뼉을 쳤다.

최면에서 깬 그는 내가 옆에 있음에도 인지를 못한 채 난간에 기어 올라간다.

그리고 어린 아이 같은 표정을 짓고 두 팔을 벌린 채 날아올랐다.

하지만 인간은 현실에서 날지 못했다.

페이드 아웃(fade out)이 되듯 들리는 비명 소리가 끝나고, 여러 사람의 비명 소리와 웅성거림이 밤을 깨운다.

*   *   *

사람이 많은 곳도 이제는 어느 정도 적응이 되었다.

누군가가 날 죽일 거라는 생각도 들지 않았고, 나 또한 찌르고픈 생각은 없어졌다.

하지만 여전히 벽에 기댄 채 내 주변에 지나가는 사람들을 살피고 내 몸을 보호하려는 행동은 그만두지는 못했다.

게이트로 사람들이 나오기 시작했다.

"우니야!"

여행을 다녀온 건지, 노동을 하고 온 건지 다크써클이 볼까지 내려온 우니를 발견하곤 손을 흔들었다.

"…오빠."

"살아서 왔네?"

"졸려요."

비몽사몽 인사를 한 우니는 택시를 타자마자 잠에 빠져들었다.

"무슨 잠을 그렇게까지 자니?"

하루를 꼬박 채우고 다시 반나절이 지나서야 우니가 겨우 일어났다.

"거의 못 잤거든요. 움직이는 버스에서 조금씩 잔 게 다예요."

"야경은 실컷 봤겠네."

"지긋지긋할 정도로요. 별일 없었어요?"

"응. 낮에는 여기저기 산책하고, 밤에는 실컷 잤지."

"내가 없어서 편했겠네요?"

"아니. 보고 싶었어. 괜히 혼자 보냈나 했지."

"풉! 거짓말도 이젠 잘하네요?"

아직 멀었나 보다. 금방 눈치를 채는 걸 보니.

우니는 주먹을 불끈 쥐고 나를 때리려 했다.

여행은 그녀를 좀 더 밝게 만들었다.

다시 평온한 일상이었다.

수능 점수가 발표되었고, 내 성적을 본 우니는 세상은 불공평하다고 가볍게 투덜댔지만 꽤 놀라는 눈치였다.

그리고 최근에 난 동대문을 자주 다녔다.

정찬구가 말해준 장노계도 봤지만 마음에 드는 시계만 사고 돌아섰다.

아직까지는 때가 아니었다. 그저 동대문 지역의 골목과 건물들을 머릿속에 차곡차곡 쌓아갔다.

그리고 마침내 찬구파를 나눠 가진 사장들에게서 만나자는 연락이 왔다.

이 일이 끝나면 난 중화회에 집중할 수 있을 것이다.

약속 전날, 난 강동으로 불곰을 보기 위해 움직였다.

아무래도 찬구파의 세 사람이 싸우지 않게 하려면 중재해 줄 사람이 필요했다.

사실 말이 중재였지 실제로는 서로 싸우지 못해 만들 안전장치였다.

"어떻게 오셨소?"

최철용을 쓰러지자 불곰이 조직을 장악했다. 한데 그는 불곰이라는 이름과 달리 머리가 비상했다.

최철용의 재산마저 먹어치운 그는 자신의 배만 채우지 않고 부하들을 위해 사용했다. 그래서일까, 그의 조직 장악력은 놀라웠다.

"불곰을 만나러 왔어."

"불곰? 이 새파랗게 젊은 새끼가 형님한테 불곰? 두 번 다시 말 못하게……."

옆에 있던 조직원이 날 향해 으르렁거리는 사내의 입을 막곤 조심히 묻는다.

"넌 조용히 해! 혹시 지난번에 대포폰을 사러 왔던 분 아닙니까?"

"맞아. 그땐 불곰에게 안내해 줬었지?"

"아! 죄송합니다. 이 새끼가 사람을 몰라보고……. 형님은 지금 잠깐 목욕하러 가셨는데 일단 안으로 들어가 기다리시면 바로 연락하겠습니다."

"고마워."

난 불곰이 주로 머무는 나이트클럽 안으로 들어갔다.

낮이라 사람은 없었고, 어슬렁거리는 조직원들과 웨이터 복장의 사내들만 오간다.

2층에 있는 사무실에서 잠깐 기다리자 누군가 부리나케 달려오는 것이 느껴진다.

"헉! 헉! 오늘은 어쩐 일로 오셨소?"

옷도 대충 입고, 머리도 말리지 않고 달려오느라 그의 몸에는 사우나처럼 연기가 올라오고 있었다.

"부탁할 일이 있어 왔어."

"네네, 들어드려야죠. 그때처럼 대포폰이……."

"아니. 난 한 번한 약속은 깨지기 전까진 절대 지켜. 그러니 너무 걱정 말라고."

최철용에 대해 내가 조직원들에게 알릴까 걱정하는 그의

모습이 안쓰러울 정도다.

"험험! 너희들은 모두 나가 있어. 그리고 따뜻한 차나 두 잔 시켜라."

다시 한 번 약속을 하자, 그제야 자신이 부하들 앞에서 추태를 부렸다고 생각했는지 헛기침을 하며 위엄을 부린다.

난 그가 준비될 때까지 기다렸다.

"부탁할게 뭐요?"

"강남의 찬구파 소식을 혹시 들었나?"

"이 계통에 그걸 모르는 사람이 어디 있겠소. 장례식에 다니느라 정신없었소. 한데 그 얘기는 왜……?"

"그 일 때문에 부탁할 것이 있어."

"찬구파의 일로 부탁이……?"

불곰의 눈과 머리는 빠르게 돌아간다.

만약 눈과 머리가 돌아가는 소리가 들렸다면 시끄러워 귀를 막아야 할 정도였다.

그리고 어떤 결론에 닿았는지 조심히 묻는다.

"혹시, 그 사건에 개입하셨소?"

"어쩌다 보니 그렇게 됐어."

"꿀꺽! 그렇다면 성함이 위준이 맞소?"

"응. 한데 그걸 어떻게 알았지?"

위준이라는 이름을 아는 사람은 많지 않았다. 한데 강동에 있는 불곰이 어떻게 알았을까?

이유가 궁금했지만 불곰은 답은 하지 않고 호들갑을 떤다.

"정말 위준 님이십니까? 역시 그랬군요! 역시 그랬어요! 소문을 들었을 때 누군가 떠오른다고 했는데, 바로 당신이 위준 님이셨군요."

"내 질문에 답을 안 했는데?"

"아! 당연히 말씀드려야죠. 저희 계통에선 찬구파를 그렇게 만든 분이 위준 님이라는 걸 어느 정도는 알고 있습니다."

"그럴 리가……?"

"하하하! 이 바닥이 생각보다 좁거든요. 그리고 새로운 강자에 대한 소식은 어떻게든 알아냅니다."

은근히 머리가 아파온다. 그래도 가명을 사용한 건 정말 잘한 일이었고 생각되었다.

"내가 위준이라는 사실은……."

"제 목에 칼이 들어와도 절대 말하지 않겠습니다. 캬~ 처음 이곳에 왔을 때부터 보통 분이 아니라고 생각했지만 설마 위준 님이실 줄이야."

"한데 왜 나에게 존칭을 사용하지? 부담스럽군."

"위준 님인데 당연히 높여야죠!"

"그게 무슨……."

"앞으로 형님으로 모시겠습니다. 정말 존경합니다. 잘 부탁드리겠습니다."

"……."

정말이지 할 말이 없게 만든다.

그리고 당신처럼 나이 먹은 동생은 필요 없거든.

90도 인사까지 하는 불곰의 행동이 진심인지, 나에 대한 소문 때문에 알아서 기는 건지 당최 알 수가 없다.

"형님, 저에게 하실 말씀이 있다고 했는데 무엇입니까? 제가 할 수 있는 일이라면 불속이라도 뛰어들겠습니다."

"제발, 그 형님이라는 소리 그만해."

"한 번 형님은 영원한… 형님은 아니라도 그럴 수야 없죠."

최철용에게 한 짓이 생각났는지 말끝을 흐린다.

"에휴~ 일 얘기나 하지."

"말씀하십시오, 형님."

포기하고 말을 이었다.

"…내일 찬구파의 새로운 주인이 될 세 사람이 회합을 할 거야. 거기에 참석해 중재 좀 해줬으면 해서 왔어."

"찬구파를 제가 중재를 한다고요? 그건 불가능합니다. 그곳은 제가 낄 자리가 아닙니다."

"그런가?"

조폭에도 서열이 있다더니 잘 싸우는 놈이 무조건 장땡은 아닌 모양이다.

"하지만 형님이 원하시면 참석하겠습니다. 저도 이제 병원에 있는 최철용… 회장에게서 벗어나야 하니까요."

"엥? 벌써 장악한 것 아니었어?"

"조직은 장악했지만 인정은 아직 못 받고 있었거든요."

내가 상관없는 세상엔 관심이 없었다.

"그럼 내일 미네르바 호텔로 와. 경찰들이 깔려 있다고 하니 조심하고."

"알겠습니다, 형님."

"도와주는 대가로 내가 찬구파에서 받기로 한 몫을 줄게."

"아, 아닙니다. 돈이라면 저도 충분히 있습니다. 다만……."

"필요한 거 있으면 말해."

"간혹 이렇게 찾아와 주시고, 혹시 제가 위험할 때 몇 번만 도와주십시오."

찬구파의 일을 마무리 하려면 그의 도움이 필요했다. 고민은 길지 않았다.

"그러지. 그리고 제발 형님이라는 말은 하지 마. 사정상 나도 반말을 하지만 그렇다고 형님이라는 말까지 듣고 싶지는 않아."

"감사합니다! 그리고 알겠습니다, 형님!"

"……."

불곰은 주먹을 불끈 쥐게 만드는 능력이 있었다.

약속 장소인 미네르바 호텔로 가기 전, 하루를 만나야 했다. 수수한 옷차림을 입는다고 입었지만 타고난 미모와 몸매를 숨길 순 없었다.

"호텔 주변에 경찰 감시 인원이 쫙 깔렸어. 연인인 척하고 들어가야 돼."

"들었어. 천하의 하루 양과 공짜 데이트라… 이거, 몸 둘 바를 모르겠네."

톡톡톡을 하며 친해진 우리는 어느새 말을 트고 있었다.

"킥! 다른 오빠들한테 들었어. 너, 무서운 애라며?"

"무섭긴……. 그리고 내 말 명심해. 현재 네가 가진 것을 유지하고 싶으면 비즈니스 관계 이상은 절대 만들지 마."

"비즈니스 관계 이상을 넘지 마라. 세 세력 중 어디에도 들지 마라. 우리를 지켜주는 이들을 내편으로 만들어라. 마지막으로 언제나 최악의 상태를 염두에 둬라. 내가 한 말 머릿속에 꼭꼭 챙겨놨으니 걱정 마."

내가 해줄 수 있는 건 더 이상 없었다.

많은 것을 가졌으니 많은 책임이 따르는 건 당연한 일. 하루가 잘 해낼지 의문이지만 내가 상관할 일은 아니었다.

"근데, 너랑은 상관없지?"

"헛소리 말고 가자."

미네르바 호텔 근처와 로비에는 경찰로 보이는 인물들이 꽤 많았다.

왼손으로 하루의 허리를 감싸고 오른손으로는 연신 하루의 몸을 더듬으며 호텔에 들어갔다.

그리고 호텔방에 들어간 우리는 진한 키스를 한 후 허겁지겁 옷을 벗는 척을 하다 커튼을 닫았다.

건너편 빌딩에서 방을 감시하는 자들도 있었다.

"으응, 그냥 가게~?"

"장난 말고 어서 나와. 빨리 끝내야지."

"쳇!"

욕실의 물을 틀고 밖으로 나와 계단을 통해 위층으로 올라갔다.

"어서 와, 위준 동생."

"하루도 어서 와."

일취월장, 괄목상대라더니 한 조직의 우두머리가 된 셋은 마지막 만났을 때와는 다른 모습들이었다.

비싼 양복에 단정한 머리, 절제된 행동 자리가 사람을 만든다더니 딱 맞는 얘기였다.

"다들 신수가 훤하시네요."

"덕분에."

모두 자리에 앉자 진명환이 말을 시작했다.

"길게 얘기할 것 없이 우리가 얻은 성과물을 오늘 나눌 거요. 약간의 불만은 있을 수 있지만 같은 배를 탔던 동지인만큼 좋게 끝났으면 하는 바람이오. 위준 동생, 시작하지."

공적인 자리인만큼 진명환은 같은 사장들에게 반말을 자제했다.

"일단 말씀드리기에 앞서 한 사람을 소개하고자 합니다."

"누굴?"

"우리 말고 또 다른 사람이 있나?"

난 불곰에게 메시지를 보냈고, 미리 와 있던 불곰은 노크를 하고 들어온다.

"어? 너 강동의 불곰이잖아?"

"그러네? 자네가 소개한다는 사람이 불곰이었나?"

"형님들! 불곰이 인사드립니다."

불곰은 인사를 하곤 내 뒤쪽에 앉았고, 세 사람의 시선은 일제히 나를 향한다.

"불곰을 부른 건 다른 게 아닙니다. 세분의 합의가 잘 이루어지길 바라는 마음에서 중재자가 필요할 것 같아 불렀습니다."

"쓸데없는 짓을 했군. 뭐, 동생의 마음은 이해해. 두 사람이 힘을 합해 한 사람을 칠까 걱정하는 것 같은데 자네가 있다면 문제될 것이 없어."

"그렇네."

"불곰이 이 자리에 있기는 좀 그렇지."

"그래도 바로 옆에 적이 있는 것보단 중재가가 있는 게 좋겠지."

세 사람은 한마디씩 한다. 하지만 진명환이 한마디 더하자 고개를 끄덕인다.

불곰이 중재자로 인정되자 난 입을 열었다.

"먼저 지역에 대한 불만들은 없으리라 생각합니다. 각 사장님들이 주로 활동하고 키워오던 지역이니까요."

난 이들을 같은 편으로 영입할 때부터 가졌던 생각을 풀어놨다.

"문제가 되는 것은 진 사장님이 맡은 이 지역에 조직의 근간이 되던 시설들이 많았다는 겁니다. 지금 하루 양이 맡고 있는 단체와 여기 미네르바 호텔, 그리고 임대업을 하기 위해 구입한 빌딩 두 개."

"건설자재 납품 회사도 있잖은가?"

"맞아요. 하지만 그 회사의 경우가 좀 애매합니다."

"어떤 점이 말인가?"

"바로 수익이 없다는 겁니다. 정찬구가 돈을 세탁해 뇌물을 주기 위해 만든 일종의 창구인 셈이죠."

"음……."

"그 얘기는 잠시 후에 하죠. 일단 하루 양이 맡고 있는 단체에서 나오는 수익부터 분배를 하죠."

"그러지."

"총 수입을 6:4로 나눠서 저희들이 4를 가집니다. 그 4를 여기 있는 다섯 명이 20%씩 가지게 됩니다. 아가씨들을 보호할 조직원들은 각 조직에서 균등하게 보내며 그들의 월급은 조직에서 책임집니다. 불만 있으신 분?"

"없네."

다들 이견이 있을 수 없는 부분이었다.

오히려 금필영이 죽으면서 몫이 늘어났으니 기뻐하는 표정이었다.

"참, 진 사장님. 금필영이 운영하던 매장은 여기 하루 양에게 줬으면 싶은데요."

"그러지."

"그럼, 다음은 미네르바 호텔과 빌딩 두 개에서 나오는 순수익에 대해 4:3:3으로 나눌 생각입니다. 4는 당연히 이 지역에서 관리를 하게 되는 진 사장님의 몫이고요."

난 빠르게 찬구파의 재산을 이견 없이 나눴다.

사실 나누는 대부분이 진명환이 맡은 지역의 재산들이라 그가 거부했으면 힘든 자리가 되었을 것이다.

"자, 마지막으로 건설자재 납품회사에 대해 얘기를 해보죠. 어차피 조직을 운영하다 보면 당연히 고위층에 돈이 들어가겠죠?"

"당연하지. 그놈들이 우리보다 더한 놈들이지."

"맞아. 주지 않으면 세무조사다 검찰조사다 엄청 괴롭힌다고."

"밖에 있는 경찰들도 내일 중으로 고위층에게 돈 찔러주면 금세 사라질 걸."

세 사람의 성토가 이어졌다.

"제 생각에는 세 조직이 서로 잘 보이려고 줄을 대기 시작하면 셋 다 다른 조직에게 먹힐지 모릅니다. 그래서 창구를 동일화하는 거죠."

"무슨 말이지?"

"공화제라는 제도가 있어요. 세 분이 각 지역에선 왕입니다. 대신 외부의 적이나 뇌물을 써야 할 때는 한 이름을 사용하는 거죠. 가령 세 분의 성을 딴 '진임송파' 이런 식으로요."

"이름이 이상하군."

"제 생각에도 그렇군요. 문제는 과연 세 분이 그렇게 할 수 있느냐는 겁니다."

"음……."

세 사람은 장고에 빠졌다.

난 가타부타 말을 하지 않고 기다렸다.

하지만 결론은 정해져 있었다.

따로 조직을 관리하게 되어 지금은 좋지만 주변의 다른 세력들이 흩어진 그들을 내버려 두지 않을 것이다.

"흩어지면 다른 조직에게 먹히네. 나 때문이라면 걱정 말게. 사적인 자리를 제외하곤 자네들을 결코 동생으로 대하는 일은 없을 거네."

다시 한 번 진명환의 양보가 있자, 임 사장과 송 사장은 허락할 수밖에 없었다.

내가 할 일은 모두 끝이 났다.

세부적인 내용은 이제 세 사람의 몫이었다. 그 얘기마저 끝이 나자 불곰이 일어났다.

"세 분의 오늘 내용은 제가 잘 기억하겠습니다. 중재할 영광을 주셔서 감사합니다."

불곰이 모든 것이 세 사람이 잘 합의해서 끝났음을 알림으로 모든 것이 끝났다.

"마무리가 잘 되었으니 마지막 건배를 하며 승리를 축하하기로 하지."

"오! 비싼 술이군요."

"오늘을 위해 준비를 해뒀지."

"자, 건배"

"건배."

진명환의 선창에 모두 건배를 하고 술을 한 잔씩 마시고 자리를 뜨기 시작했다.

"자네는 하루 양과 쉬었다 갈 텐가?"

임 사장과 송 사장이 나가자 넌지시 묻는 진명환. 아직 그와의 계산은 끝나지 않았다.

"연기를 마저 해야 하니 조금 있다가 나갈 생각입니다."

"몇 호지?"

"708호입니다."

"선물을 하나 보내지."

나와 하루는 다시 방으로 돌아왔다.

잔뜩 들뜬 그녀는 내 귀에 속삭인다.

"어떻게 그 매장을 나에게 줄 생각을 했어?"

"네가 한 일에 대한 대가야. 그리고 적당히 챙겨. 너무 많이 챙기면 금필영처럼 되는 거 알지."

"정말 고마워!"

"읍!"

과감히 덮쳐오는 하루. 연기가 아닌 실제가 방 안에서 펼쳐졌다.

─똑똑!

노크 소리에 밤샐 기세로 달려드는 하루의 수혈을 눌렀다. 그리고 문을 여니 진명환이 문 앞에 서 있었다.

"선물치고는 사양하고 싶군요."

"허허. 빨리 선물을 받지 않으면 경찰에게 들킬지 몰라."

"들어오세요."

방으로 들어온 진명환은 하루가 누워 있는 침대를 보더니 다시 농을 던진다.

"도청 중인 경찰들이 아주 죽었겠군."

"괴롭긴 했겠네요. 여기 있어요."

난 정찬구에게서 받은 서류를 꺼내 주었다. 주로 호텔, 빌딩, 건설회사에 대한 소유권 이전에 관한 서류들이었다.

물론, 조직의 소유가 아닌 개인소유의 재산도 상당히 많았는데 그것은 이제 진명환 개인의 소유가 된 것이다.

"순순히 사인을 해주던가?"

"이미 간 사람 얘기는 하고 싶지 않군요."

"그렇군. 어쨌든 내게 이만한 재산을 안겨줬으니 선물을 줘야지."

그는 양복 윗주머니에 있는 봉투를 내게 건넨다.

"뭐죠?"

"보게."

봉투는 꽤 두툼했고 열어보니 플레져 빌딩에 대한 소유권 이전 서류와 통장, 도장, 카드였다.

"동생 본명을 적고, 사인을 하면 자네 걸세. 물론, 사업도 자네에게 넘기지."

"아셨어요?"

"위준이 가짜 이름이라는 걸 모를 리가 있나? 운영은 지금 처럼 할 테니까 동생들 용돈이나 잘 챙겨주게."

"꽤 비싼 선물이군요."

"동생을 적으로 만들고 싶지 않은 내 마음일세. 그리고 자 네 사업인데 내가 위기에 빠져봐야 좋을 게 없잖은가?"

"사양은 않겠습니다."

"사양했으면 실망했겠지. 일단 이전은 나중에 하게. 지금 경찰에서 특별 수사본부를 만든다는 소문이 있더군."

"네?"

"손학주를 죽인 범인이 강북 사채업자 살인 방화사건의 범인과 동일인으로 보는 모양이야. 그런 괴물이 돌아다니는 걸 좋아할 사람이 어디 있나?"

강북 사채업자 사건이라면 우니를 구할 때 일으킨 일이었다.

"동생은 모르는 일인가?"

"네. 저야 이번에 우연히 이 일에 휘말렸을 뿐이니까요."

"후후! 그래도 조심하게. 참, 그리고 선물이 하나 더 있네."

"자꾸 주시니 부담스럽군요."

"불곰을 데려온 보답이네."

진명환은 알고 있었다. 임종길과 송민수가 친한 사이었기에 그가 가장 위험하다는 걸.

그래서 불곰과 손을 잡고 두 사람을 견제하라는 의미도 포함되어 있었다.

이번엔 카드였다.

평생 무료 숙박권이라고 적힌 카드.

"뜨거운 청춘 즐기며 살게. 하하하하!"

낮은 목소리로 웃으며 진명환은 방을 나갔다.

난 코를 골며 자는 하루의 수혈을 풀고는 말했다.

"이제 가자."

"벌써? 이왕 온 거 자고 가지?"

"밤에는 12시까지 들어가야 해."

"큭큭! 엄격한 부모님을 두셨구나?"

"엉뚱한 소리 말고 옷 입어."

"싫은데. 12시까지는 아직 멀었으니 하던 일(?)이나 계속하자."

은근히 몸을 붙여오는 하루를 보니 뿌리칠 수가 없었다.

뜨거운 청춘은 청춘인가 보다.

＊　　　＊　　　＊

장노계는 밤이 되자 자판에 펼쳐진 시계들을 사과박스에 하나씩 넣었다.

접이식 자판을 몇 번 접어 박스 크기 정도로 바뀌자 박스 위에 올렸다. 캐리어에 둘을 올리고, 마지막을 하루 종일 의자를 접어 올리자 반 평 정도의 공간은 다시 보도로 돌아왔다.

"장 씨, 오늘은 빨리 들어가네?"

"응. 장사가 너무 안 돼서."

옆자리에서 같이 일하는 김 씨의 말에 건성으로 대답한 장노계는 화려하게 밤을 밝히는 고층 빌딩을 흘낏 보곤 천천히 걷기 시작했다.

그 고층 빌딩 맞은편은 무서울 정도로 어두웠는데, 장노계에겐 익숙했는지 캐리어를 끌며 계속 걷는다.

골목에 담배를 피며 음담패설을 나누는 청년들이 있었지만 개의치 않고 지나쳤고, 청년들 역시 그를 흘낏 보고는 계속 얘기를 나눈다.

골목을 몇 번 돌자 그가 지내는 낡고 쓰러질 것 같은 2층 건물이 보이자 약간 걸음이 빨라진다.

'누구?'

장노계는 일 때문에 귀화를 해 한국인이 되었지만, 여전히 대중화민이라는 자부심을 가지고 있었고, 그에 걸맞게 꽤나 중국 무술에 능통했다.

벌써 30년을 넘게 수련한 팔괘장은 그를 중화회의 장로로 만들어주었고, 주변에서 20m에서 접근해오는 인기척을 느끼는 건 물론이고 청년 4~5명은 1분이면 처리할 수 있게 해주었다.

하지만 지금 접근하는 기척은 이미 그의 5m 안에 있었고, 생각을 하기도 전에 요혈을 잡히고 말았다.

'고수!'

요혈을 정확히 집는 것은 물론이고 순간적으로 몸이 마비가 되는 걸 보면 기를 사용하는 고수임에 틀림없었다.

"반가워. 장노계."

하얀 이를 드러내며 웃는 청년의 얼굴에 소름이 돋았다.

마치 웃는 얼굴이 마비된 사람처럼 부자연스러워서가 아니었다. 젊은 나이에 그가 지닌 내공의 양과 실력에 소름이 돈은 것이다.

"예전 날 죽이려 했다는 얘기를 들었어. 정찬구라는 사람이 의뢰했는데 기억이 나실지 모르겠네?"

웃으며 얘기하지만 소름이 끼치는 말투였지만, 그는 거의 완벽한 중국어를 구사하고 있었다.

"무슨 말인지 모르겠소. 난 그저 힘없는 사람일 뿐이오. 살려주시오!"

장노계는 모르쇠로 나가기로 했다. 그리고 오로지 한국어로 말했다.

"실망이군. 하지만 시간은 많으니까 천천히 듣기로 하지. 난 이 동네 마음에 들어. 누가 죽더라도 아무도 쳐다보지 않지. 특히 한국어를 쓰면 범인을 도와주러 나오는 곳이고. 그럼 시작해 볼까?"

장노계도 아는 몇 군데 혈이 집히자 온몸의 근육이 자신을 조여옴이 느껴졌다.

"사, 살려주시오."

"틀렸어. 당신은 내가 말할 때 중국어로 답해야 하고, 그 답은 내가 원하는 것이어야 해."

장노계는 한국어로, 모자를 깊게 쓴 청년은 중국어로 말하는 기괴한 상황.

온몸이 쩌릿쩌릿해지고 근육이 제자리를 이탈하기 시작하자 내공을 사용하기로 마음을 먹었다.

"큭! 우엑!"

"참! 어설프게 내공을 사용하면 바로 기혈이 뒤틀린다는 말을 안 해줬군. 미안."

악마의 눈빛이었다. 고개를 돌리고 싶어도 돌릴 수 없었다.

또한, 서서히 조여오던 근육이 신경과 핏줄을 압박하면서 일어나는 고통에 정신이 아득해졌다.

"워, 원하는 게 뭐, 뭐요?"

결국 장노계는 중국어로 물었다. 어서 이 악마 같은 놈에게 답을 하고 이 고통에서 벗어나고 싶었다.

"크크! 진즉에 이랬어야지. 근데, 원하는 건 내가 얻을 수 있는데 어쩌지?"

"이, 이⋯⋯."

욕을 하고 주변에 있는 누구라도 들으라고 소리치려 했지만 늦었다. 아혈을 짚힌 그는 비명도 마음껏 지르지 못하는 상황이 된 것이다.

뿌득, 뿌득!

이미 자리를 이탈한 근육이 뼈를 부수는 소리에 결국 정신을 놓는 장노계였다.

이후에도 그는 악마가 묻는 물음에 스스로가 알아서 뭔가를 답하고 있다는 느낌을 조금이지만 느낄 수 있었다.

"고마워. 당신이 말해준 이들도 곧 당신을 따라 갈거니 심심하진 않을 거야. 그럼, 고통을 즐겨."

악마는 사라졌다.

하지만 그는 절망했다. 팔, 다리뼈는 이미 부서졌고 이제 근육들이 몸을 압박하기 시작했다.

평생 자신이 한 일을 후회하고, 그들에게 용서를 구하고, 제발 자신을 죽여 달라고 빌었지만 죽지 못했다.

갈비뼈가 부서지고 심장이 터져 나가는 모든 고통을 너무나 또렷이 느꼈다.

마침내 죽게 되었을 때 그는 웃고 있었다.

그의 마지막 생각은 아주 오래전 그의 스승에게서 들은 실전된 점혈법의 이름이었다. 너무 잔인해 실전되었다는 그 이름은 '통극소사(痛極笑死)'였다.

2장

전장

　겨울이 좋아졌다.

　예전에는 추워서 싫어했던 것 같은데 더운 지방에서 오랫동안 있어서 그런지 한파가 몰아침에도 마음에 들었다.

　소복이 쌓인 눈을 밟는 것도 좋았다.

　모래와 달리 누군가 다가오는 소리도 잘 들렸고, '뽀드득' 하는 소리가 상쾌하게 만들어 좋았다.

　"개냐??"

　서미혜가 입김을 내뿜으며 미운 소리를 한다.

　"그저 걷는 것뿐입니다."

　"마당을 보고 하는 소리야? 감시자들이 옳다구나 하고 네

발 표본을 떠가면 어쩌려고?"

서미혜와의 만남은 갈수록 첩보 영화를 방불케 했다.

오늘도 세 번이나 장소를 바꿔 유학 가 있는 서미혜의 친구 동생 집에서 겨우 만났다.

인스턴트 커피를 타 서미혜에게 한 잔 주고 거실에 깔린 카펫에 앉았다.

"언제 결혼하나요?"

"미정이야. 파혼할 수도 있고. 후룩!"

이거 은근히 무서워진다.

이러다가 목줄이라도 붙잡히지 않을까 걱정이 든다.

"안 잡아! 근데 지금은 아냐. 난 계속했으면 좋겠어."

"누, 누가 뭐래요? 감시가 너무 심해서 하는 말이에요."

신세호는 작정을 했는지 물량 공세로 서미혜를 감시했다.

난 멀리서 그들을 확인하고 전화로 지시해 건물을 들어갔다 뒷문으로 나오게 만드는 수법으로 서미혜와 만났고, 이제 그것도 거의 한계였다.

이제 서울 시민 전체가 감시자가 될 판이었다.

"그럼, 지난번 내 말대로 하면 되잖아."

"미혜 씨의 경호원이 되라고요? 저 바쁩니다."

"처음에 일주일만 매일 나오면 내가 조치를 취해 준다니까."

"생각해 볼게요."

좋은 생각이 있다더니 겨우 생각한 게 자신의 경호원이 되어 자유롭게 만나자는 거였다.

신세호가 바보가 아닌 이상 그녀의 경호원들 신상을 파악하지 않았을 리 없다.

"우리 그냥 확 밝혀 버릴까?"

"미혜 씨야 그래도 되겠죠. 하지만 전 과연 어떻게 되겠습니까? 아마 제가 약혼자라면 돈을 쥐어주고 외국에 보내버리거나, 그것도 여의치 않으면 조폭을 이용해서 슥삭~ 으!"

"그렇게까지 하겠나……."

"고개 끄덕이지 마요! 당신도 그렇게 할 수 있다는 말이지 않습니까!"

"내 말대로 그게 가장 간단한 방법이니까. 근데, 나 진짜로 평범한 데이트를 해보고 싶어. 영화도 보고, 뮤지컬도 보고, 밖에서 분식도 먹고, 거리도 거닐고."

이 여자, 아무래도 위험하다. 아직 자신의 마음을 잘 모르는 모양이다.

"만일에요. 만일에 내가 대학을 가서 여자를 사귄다면 어떻게 할래요?"

"마음껏 해."

내 착각이었나?

"대신… 나와 사귀는 동안은 마음까지 주지 마."

헐! 역시 위험하다. 대학에 가면 분명 나에게 감시자를 붙일 여자다.

"참, 대학은 어떻게 했어?"

"이제 결과만 기다리고 있어요."

"어디다 넣었는데?"

"대한대 경영대학교요."

"…진짜? 그냥 하는 말인 줄 알았는데 수능은 몇 점이나 받은 거야?"

점수를 얘기하자 입을 벌린 채 말을 잇지 못한다.

"음, 만일 합격하면 스펙도 적당하고, 집안도 나쁘지 않고……. 흐음!"

컥! 이 아줌마가 무슨 생각을 하는 거야?

미친 거야? 맞아, 미친 게 분명해.

나이 차이가 얼만지나 알고 하는 소리야?

"너 혹시… 결혼 대상으로 돌싱은 어떻게 생각해?"

"이혼녀요?"

"돌아온 싱글!"

"헐! 내가 뭐가 부족해 이혼녀랑 사귀어요? 집안 괜찮지, 학벌 괜찮아질 거지, 체력 좋지, 테크닉도… 좋죠? 혹시 내가 40대 정도 되면 생각해 볼까, 어림없죠."

이참에 확실히 해야 한다. 이렇게 어리바리하게 굴다가는 정말 코가 끼일 상황이다.

"그건 좀 그렇지?"

많이 그래요!

아주 많이!

이용할 생각을 버리고 지금이라도 도망가야 하지 않을까 생각해 본다.

"내가 생각해도 그건 아니다. 어쨌든 합격하길 바랄게."

목소리의 힘이 없어진 걸 보니 마음이 살짝 흔들린다.

하지만 어쩔 수 없다. 지금 모질지 못하면 헤어질 때 더 모질어져야 할 것이다.

"이제 이런 얘기 그만하죠. 아까 올 때 보니까 칼국수 집이 있던데 거기나 갈까요?"

"응! 좋아."

해는 점점 저물어가고 있었다.

도로 옆으로 치워진 눈을 밟으며 걷자 다시 잔소리를 하는 서미혜.

팟!

눈을 차올렸다. 하얀 눈가루가 날려 그녀를 뒤덮는다.

"죽을래?"

난 아랑곳하지 않고 다시 한 번 뿌렸다.

"죽었어."

그때부터 눈싸움이 시작되었다. 칼국수 집까지 거리는 200m밖에 되지 않았지만 우리는 지칠 때까지 뛰어다녔다.

"호호호호! 감히 나에게 엉기다니."

온몸에 내게 맞은 눈덩이를 붙인 채 득의양양하게 말하는 미혜를 보고 있자니 웃음이 나왔다.

칼국수 집에 들어가 2인분을 주문했다.

"저, 잠깐 화장실 갔다 올게요."

화장실에 가는 척하며 음식점 밖으로 나온 난 맞은편에 있는 언덕으로 몸을 날렸다.

중턱쯤 올라가자 카메라로 렌즈로 칼국수 집을 보고 있는 남자가 보였다.

"이봐요."

"헉! 어, 어떻게 여기에……."

방금 전까지 칼국수 집에 있던 내가 가까이 다가가 어깨를 치자 화들짝 놀란 파파라치가 뒷걸음하다 미끌어진다.

"으아아~"

"이러다 실족사 당해요."

난 그를 잡아 일으켜 주었다.

"고, 고맙습니다."

"고마우면 우리 찍은 사진 내놓으시죠?"

당황스러움, 고마움이 혼재되어 있던 얼굴에 표덕함이 자리한다.

"당신, 누군데 나한테 이래야 저래야 하는 거야! 난 겨울 산을 찍고 있었다고."

"그럼 카메라 좀 보여주세요."

"싫소! 난 내 작품을 누가 보는 건 절대 싫어."

먹고 살기 위해 위험을 불사하고 산에 오른 수고는 이해하지만 곤란한 일은 질색이다.

난 그를 잡고 있던 손을 놓으면 살짝 밀었다.

"어어어~ 으악!"

주룩 밀려 막 구르기 직전인 순간, 다시 그를 잡았다.

"허, 실족사 당할 수 있다니까, 조심해요."

"……"

눈에 굴러 엉망이 된 사내의 눈에는 공포가 자리했다.

"어, 얼마 줄 거요?"

"저도 산 사진을 좋아하는 편이니 이곳까지 오는데 쓴 기름 값, 메모리 값, 하루 수고비는 드리죠."

"그거 가지곤……."

"여기서 실족사 당하면 인적 없는 야산이라 내년 봄이나 돼야 사람이 올라올 텐데요. 그동안 상당히 추우시겠네요."

다시 손을 풀려고 하자 화들짝 놀란 파파라치가 내 옷을 움켜쥐며 말했다.

"항복이요, 항복! 드리겠소."

100만 원 수표 한 장을 그에게 건네자 카메라에 있던 메모리칩을 빼서 준다.

하지만 그의 얼굴에는 실망이 아닌 안도하는 표정이 보였다.

"호주머니에 있는 메모리도 주세요."

"……."

결국 그에게서 여분의 메모리칩까지 받고 약간 평평한 곳으로 옮겨 주었다.

"전 이만 가보죠. 내려갈 때 조심하세요."

"아, 아니 날 여기 내버려 두면 어쩌자는 거요?"

"내려가는 거야 알아서 가셔야죠. 설마 다른 누가 구해줄 거라고 생각하고 올라오신 건 아니죠?"

"아니, 그래도 지금은 댁 때문에 다리가 후들거려서……."

"저도 혼자 내려가기 힘든데 댁까지 어떻게 데리고 갑니까? 119에 전화하세요. 이미 어두워져서 내일쯤이면 구해질 겁니다."

난 그를 두고 이미 어두워지고 있는 산길을 내려간다. 그러다 뒤돌아보고 말했다.

"참, 어떻게 여기까지 알고 왔는지 가르쳐 주면 당신을 데리고 갈만한 힘이 생길 것 같은데……. 혹시 기억이 나시나요?"

파파라치는 결국 항복했다.

그는 서미혜의 스마트폰에 악성코드를 심어 위치 추적을 한 것이다.

"왜 이렇게 늦어? 화장실에서 여자라도 만났어?"

"말도 참 우아하게 하시네요. 남자도 숨기고 싶은 비밀이 있는 거예요."

짐짓 시치미를 떼고 자리에 앉아 칼국수를 먹었다.

약간 퍼져 있었지만 시원한 국물이 추운 날씨에 먹기엔 일품이었다.

"언제부터 출근하면 돼요?"

"응? 경호원 할 거야?"

"한동안만요."

도대체 뭘 계획하고 있기에 저리 좋아하는지⋯⋯.

가급적 그녀의 하자는 대로 할 것이다.

그리고 봄이 오기 전, 우리의 계약은 끝날 것이다.

*   *   *

일찌감치 우니를 재우고 동대문으로 향했다.

중화회는 내가 생각했던 것보다 훨씬 더 컸고 광범위한 조직이었다.

서울, 인천, 안산, 수원, 남양주 등등 서울부터 시작해 경기도 일대까지 세력을 확장한 중화회는 전국으로 그 세력을 넓히려 하고 있었다.

또한 철저한 점조직 형태라 피라미를 잡아봐야 피라미 몇 명을 알 뿐이었고, 상위 조직을 아는 이는 극히 드물었다.

다행인 것은 제일 처음 잡은 장노계가 중화회 장로라 많은 것을 알고 있어 그나마 계속적인 사냥이 가능했다.

그에게서 얻은 정보가 없었다면 진즉에 연결이 끊겼을 것이다.

한 달이 넘게 휘젓고 다니니 중화회는 몇 번이고 나를 노리고 덫을 놓았다. 덫이라 해도 어설프기 짝이 없었지만, 귀찮은 일은 질색이라 피해 다녔다.

실체를 확인할 때까진 계속 이런 식으로 치고 빠지기만 할 것이다.

어제는 수원이었고, 그제는 남양주, 그끄제는 일산에서 일을 저질렀다.

그리고 오늘은 다시 동대문으로 왔다.

이곳이 중화회의 중심이라고 생각했지만, 나의 난동 덕분에 이미 옮겼을 수도 있었다.

동대문의 밤은 화려했다.

온갖 인간 군상들이 생활을 위해 숨 쉬는 곳이었고, 가출 학생들이 추위로부터 밤을 지새울 수 있는 곳이었고, 쇼핑 나온 가족들의 추억이 되는 곳이기도 했다.

동대문 패션 거리는 오늘 밤도 많은 이들로 북적인다.

난 백팩을 메고 대로에 있는 가장 큰 건물로 들어갔다.

한 층, 한 층마다 수많은 가게들이 따닥따닥 붙어 있고, 가게마다 다루는 옷과 액세서리들이 조금씩 다르다 보니 구경할 게 참 많았다.

"이거 얼마인가요?"

어둑 칙칙하니 일할 때 입고 다니고 좋은 의상이다.

"삼만오천 원이요."

이와 비슷한 옷이 저쪽에 가면 이만 원이면 살 수 있다. 하지만 난 아무 말 없이 그 가게를 지나쳤다.

난 영락없는 쇼핑하러 온 사람이었다.

아니, 일하는 시간은 길지 않았고, 나머지 시간은 시간을 쇼핑하고 길을 거니는데 소모한다고 해도 과언이 아니었다.

한참 쇼핑을 하다 보니 익숙한 얼굴이 보인다.

"어? 쇼핑 중독 오빠!"

"가출 중독."

"지민이라니까. 오랜 만이네."

지민은 동대문의 골목을 배회할 때 만난 소녀였다. 골목에 끌려와 또래의 학생들에게 협박당하는 걸 우연히 보고 구해준 것이 인연이었다.

그 후로도 쇼핑 때마다 보게 되어 안쓰러운 마음에 여관비도 주곤 했다.

그리고 최면으로 집으로 돌아가라는 암시를 틈틈이 해서 돌아갔다고 생각했는데 다시 온 것이다.

"집에 들어간 거 아니었어?"

"응. 들어갔는데 다시 나왔어."

최면은 만능이 아니었다. 순간적인 효과는 탁월했지만 긴 시간을 최면 상태에서 유지되게 하려면 외부의 변화가 없어야 했다.

'지민에게 집은 좋은 곳이다. 밖에 있음 개고생이다.' 라고 최면으로 암시를 하면 가만 놔두면 1~2년은 그렇게 생각하게 된다.

하지만 외부의 자극, 지민의 가출의 원인이 된 그녀 아빠의 술주정과 폭력이 다시 가해지면 암시는 힘을 잃고 정도가 넘어선 자극에는 깨져 버린다.

지민도 아마 이 케이스일 것이다.

"날씨 풀리면 가출하지 왜 이 추울 때 나왔어?"

"허거덩! 어른이 그게 할 소리야? 이럴 땐 집에 가라 그래야 되지 않아?"

"웃기네. 그렇게 말하면 때리려고?"

장난스럽게 얘기하며 휴게실에 있는 따뜻한 음료를 뽑아 지민과 그녀의 가출 친구들에게도 주었다.

"오늘도 쇼핑?"

"응."

"하여간 돈도 많아. 그건 그렇고 또 검은색 위주의 옷만 산 거야? 참 어둡게 산다."

등에 멘 가방을 뒤져보더니 한심하다는 듯 본다.

그나저나 지민은 가출한 지 며칠쩬지 몰라도 상당히 깨끗하다.

이삼 일만 씻지 않아도 시큼한 냄새를 맡을 수 있었다.

한데 은은한 비누 냄새가 나는 걸 보니 지내는 곳이 있다는 얘기였다.

가출 청소년 쉼터는 아닐 테니 몸을 미끼로 사기를 치거나 실제로 매춘을 하고 있는지도 몰랐다.

가출한 고등학생 꼬맹이가 정상적으로 할 일은 없었다.

"나온 지 얼마나 됐어?"

"일주일."

"그런 것 치곤 사람답네? 일이라도 하는 거야?"

"뭐, 그냥. 이것저것……."

말하는 투를 보니 내 예상이 맞는 것 같다. 이 아이의 인생이니 내가 뭐라고 할 수는 없지만 섬에서 보던 여자들이 생각나 결국 한마디 했다.

"너, 나 뭐하냐고 물었었지?"

"그랬지. 백수라며?"

"나 강남에서 유명한 술집 해. 쉽게 말해 여자 장사지. 그곳에 있는 애들 중 너처럼 가출해서 갈 곳 없으니 사기치고 다닌 애들도 있을 거야. 그러다 무서운 사람들 만나 코가 끼여 그곳까지 흘러들어 왔겠지."

"…왜 나한테 그런 말을 해?"

지민은 내가 두려운 듯 몸을 뒤로 살짝 뺀다.

"글쎄? 어쨌든 그곳은 아직 밑바닥이 아냐. 나이가 들어 더 이상 그곳에 있을 수 없게 되면 빚 때문에 더 아래로 팔려가지. 집창촌이 될 수도 있고, 먼 시골의 다방일 수도 있고. 반드시는 아냐. 남자를 만나 결혼하는 아가씨들도 있다고 했으니까. 하지만 그게 네가 바라는 삶은 아닐 거라고 생각한다."

말이 없었다.

내가 자신을 어디론가 끌고 갈 사람처럼 느껴졌는지 눈은 자꾸 친구들을 향했고, 뒤에서 내 말을 듣고 있던 친구들도 가방을 챙기며 도망갈 준비를 한다.

"집이 지옥인 너희들에게 집으로 가라는 말은 안 할게. 대신 수렁에 빠지지 않았을 때 이곳에서 벗어나길 바란다."

난 종이에 하루의 가게 주소를 적고 위준이라는 이름을 아래에 적었다.

"너희가 돈을 벌 수 없다는 것도 알아. 여기 적힌 곳으로 가면 그 언니가 아르바이트 자리라도 구해줄 거야. 오늘은 늦었으니 이 돈으로 쉬고 내일이라도 가봐. 쉼터로 가면 더 좋고."

지민의 손에 약간의 돈과 쪽지를 주고 자리에서 일어났다.

지민과 그 친구들 말고도 많은 아이들이 있었지만 내가 할 수 있는 일은 아니었다.

하루의 VVIP 클럽—하루가 관리하며 이름을 지었다—과 플레져 빌딩에서 나오는 수익은 상당했다.

쓸 곳이 없어 그대로 뒀는데 이번에 그들의 이름으로 청소년 쉼터에 적당히 후원을 해야겠다.

장노계에게 샀던 시계를 보니 이제 슬슬 일할 시간이었다.

문이 닫힌 시장골목을 들어서면서부터 발걸음은 은밀하고 빨라졌다. 감각에 걸리면 돌거나 지나가기를 기다렸다 움직였다.

그리고 아무도 없는 골목의 그늘에 숨어서 숨을 돌린 후 2층 옥상으로 올라갔다.

내가 기다리는 사람은 쇼핑몰에서 일을 하는 중국인이었다.

아까 물건을 사며 최면을 걸어 내가 지정한 시간에 이곳으로 오도록 만들었다.

그곳에서 처리할 수 있었지만 큰 소란이 일어날 가능성이 높았고, 괜스레 그곳에서 일하는 조폭까지 연관되게 만들고 싶지는 않았다.

"꺄아아아악!"

어두운 골목길에 여자의 비명이 요란하게 들린다. 마치 누군가가 들으라는 듯 골목을 가로지르며 가까워진다.

'좀 그럴싸하게 할 것이지.'

아마 매일 밤마다 몇 번씩 저 여자는 소리를 지르며 뛰는 운동을 할 것이다.

"큭큭! 계속 뛰어보지 그래? 여긴 아무도 도와줄 사람이 없어."

차라리 국어책을 읽어라, 새끼야. 근데 저치들한테 국어는 중국어인데…….

어이없는 생각이 잠깐 떠올랐다 사라진다.

놈들은 나와 30m쯤 떨어진 곳에서 쇼를 시작했다.

"살려주세요~!"

"아무도 안 도와준다고 했지?"

ㅡ짜악!

"아악! 흑흑흑흑!"

쇼는 절정에 이른다.

쫓던 남자가 귀싸대기를 날렸고, 여자는 손으로 그 싸대기를 받으며 마치 맞은 것처럼 처연하게 옆으로 쓰러진다.

"으흐흐흐흐! 그럼 시작해 볼까?"

"흑흑! 제발!"

하려면 빨랑하라고!

"오늘은 내가 먼저 할게."

"안 돼! 내가 먼저 할 거야."

"아! 그 새끼. 지난번에도 네가 먼저 했잖아. 오늘은 내가 먼저야!"

주변을 살피며 순서를 정하며 시간을 끄는 꼴을 보니 곧 쇼가 끝날 모양이다.

그때, 내가 있는 옥상 맞은편의 골목에 누군가 조심스럽게 다가오는 게 보인다.

'젠장! 저 인간이 왜 여기 와 있어.'

골목에서 쇼가 벌어지는 현장을 살피는 인물은 공항 지구대에서 봤던 김철수 형사였다.

누군가 같이 온 모양인지 무전으로 뭔가를 중얼거리는 모습이 보인다.

"시작해 볼까. 크흐흐흐흐!"

찌이이이익!

놈들도 김 형사가 나타났음을 알았는지 쇼를 클라이맥스로 몰고 간다.

김 형사는 지원을 기다리는지 움찔하며 나서지 못한다.

난 나서지 말라고 외쳤다.

주변엔 꽤 많은 중국인들이 대기하고 있었다. 거리 때문에 정확히 알 수 없었지만 십여 명은 족히 될 것이다.

하지만 그는 듣지 못했다.

당연했다. 난 속으로만 외치고 있었으니까.

"꼼짝 마, 경찰이다!"

"씨발! 짭새가 여긴 웬일이야?"

"그러게. 혹시 저 새끼가 그놈 아닐까?"

"모르지. 하지만 일단 잡아서 족쳐보면 알겠지."

"뭐라고 씨부리는 거야! 땅에 엎드려. 땅에 엎드리라고 새끼들아!"

김 형사는 한국말로 말하고 놈들은 중국어로 얘기한다. 어디선가 많이 보던 장면이다.

"덮쳐!"

총을 들고 있었지만 쏘지 못할 거라 생각했는지 두 놈이 빠르게 김 형사를 덮쳐갔다.

그러나 김 형사는 생각보다 강했다.

군더더기 없는 동작으로 요란하게 움직이는 놈들의 동작을 무력화시키고, 정확하게 몇 대씩 때려 쓰러뜨린다.

"아욱! 아욱!"

"큭으으!"

"별것도 아닌 것들이 까불고 있어. 아가씨, 괜찮아요?"

"네네. 감사합니다. 감사해요."

"이제 괜찮습니다. 움직일 수 있겠습니까?"

자신의 옷을 벗어 여자에게 덮어주며 쓰러진 아가씨를 일으켜 세운다.

'칼! 칼 조심해, 이 바보야!'

나서야 될지 말아야 될지 참 고민이 되는 상황이다.

여성의 찢어진 옷 때문에 시선을 맞추지 못하는 김 형사는 그녀가 뒤에서 날카로운 칼을 빼어 드는 모습을 보지 못했다.

'빌어먹을!'

난 호주머니에서 500원 짜리 동전을 꺼내 김 형사를 찌르려는 여성을 향해 던졌다.

휘이이이이익!

바람을 가르며 나는 동전은 고음의 소리를 만들고는 여성의 머리를 뚫는다.

퍽!

하지만 난 여자가 쓰러지는 모습을 보지 못했다.

따가운 살기 때문에 옥상의 바닥에 엎드리는 순간, 난간에 총알이 박히는 소리가 들린다.

피웅! 피웅! 툭! 툭!

규칙적으로 들리는 소음기를 장착한 권총 소리를 들으며 몸을 구른 후, 옥상에서 골목으로 내려섰다.

다시 동전을 꺼내 기감을 통해 나에게 달려오는 살수들을 향해 날렸다.

"젠장! 스무 명이 넘는군."

막 골목으로 들어서며 총을 쏘려던 살수들의 머리와 목으로 동전이 박힌다.

하지만 역시 쓰러지는 모습은 보지 못했다. 바로 다른 골목으로 몸을 뺐다.

큰 원을 그리며 골목을 지날 때마다 좁혀와 날 에워쌀 속셈이었다.

피하면 도리어 잡히는 상황.

10시 방향에서 뛰어오는 놈에게 다가갔다.

권총을 파지한 손이 먼저 보였다.

손의 요혈을 잡고 휙 꺾자 두둑! 힘줄과 근육이 나간다.

"캭……!"

뿌득! 뿌득!

그리고 팔을 반대로 꺾으며 어깨를 빼버리고 그대로 목을 빠르게 위로 밀었다.

부러지지 않았어도 신경다발 자체가 모조리 끊어진 그를 두고 그가 떨어뜨린 권총을 집었다.

푸슉! 푸슉!

또다시 골목을 도는 놈들에게 총을 쐈다. 하지만 맞히지 못했고 놈은 숨어서 나에게 마구 총을 쏜다.

'총을 써봤어야…….'

처음 써보니 생각대로 총알이 날아가진 않았다.

총은 그저 거리를 두기 위한 도구였다. 그대로 총을 쏘며 옆의 벽을 차며 이층 창문 난간을 잡고 다시 몸을 뒤틀며 날았다.

골목엔 어느새 세 명이 모여서 수신호를 주고받고 있었다.

공중에서 떨어지고 있는 날 의식한 이는 아무도 없었다.

콰직! 푸슉! 푸슉! 푸슉! 퍼퍼퍼픽!

가장 뒤에 있는 놈의 머리를 밟아 짓누르며 두 명을 향해 총을 쐈고, 확인하고자 반보 옆으로 돌며 주먹을 날렸다.

목이 부러진 놈을 제외하곤 총에 죽었다. 가까운 곳에서 쏜

총은 정확했다.

꽤 쓸 만하다는 생각을 하고 쓰러진 놈들의 총을 챙겨 다시 몸을 날린다.

숲은 나에겐 최고의 동지였다.

그런 면에서 이 도시의 숲도 나에겐 최고의 싸움터였다.

오랜만에 옛 생각이 나며 피가 끓어오른다.

난 싸움 전문가 위즈였고, 숲의 고스트였다.

이곳은 나의 전장이다!

*   *   *

중화회 한국지부의 무력부분을 담당하는 방계량은 중화회원을 살해하고 다니는 놈을 잡으라는 명을 받고 여러 도시를 다니며 잠복을 해왔다.

한데 놈은 마치 잠복을 눈치 채기라도 한 듯이 자신들이 없는 곳에서 살인을 벌였다.

분노가 머리끝까지 치솟았지만 중국인 특유의 만만디 정신으로 참고 기다렸다.

그리고 마침내 맞은편 건물에 놈이 모습을 드러냈다.

"12시 방향. 놈이다, 죽여!"

푸슉! 푸슉!

마이크를 통해 명령이 전달되자 총에서 일제히 불을 뿜

는다.

그러나 놈은 재빨랐다.

"쫓아라! 원형진으로 놈을 가운데로 몬다."

그의 수하들은 모두 특수부대 출신으로 제대와 함께 그가 중화회로 스카우트한 자들이었기에 단번에 그의 의도를 알아채고 넓게 퍼져 움직인다.

─쿡!

─크악!

─정면, 13, 14호 사망!

"13, 14호가 당했다. 조심하라."

외마디 비명과 함께 쓰러지는 수하들의 죽음이 뼈아팠지만 어쩔 수 없었다.

빈틈을 주면 도망갈 수 있었기에 가급적 원형을 만들며 놈을 쫓는다.

─놈은 현재 원형진의 2시 방향쯤에 있는 것으로 예상된다. 접근한다.

'젠장 하필이면……!'

방계량이 위치한 곳은 원형진의 7시. 놈에게서 너무 떨어져 있었다.

빨리 도착해 놈을 도륙하고픈 마음뿐이었다.

"2시 방향으로 좁힌다."

원형진의 무서운 점은 한 명을 상대할 때 그 방향으로 완벽한 포위망을 구축한다는 것이었다.

—칵……! 까드득! 까득!

비명 소리와 함께 뼈가 뒤틀리는 소리가 이어폰으로 선명하게 들린다.

'놈!'

"두 시가 당했다. 우리가 도착할 때까지 놈을 잡아만 둘 수 있도록! 허억! 헉!"

—카피!

방계량은 숨이 가빠왔지만 1초라도 빨리 놈을 감싸기 위해 뛰는 걸 멈추지 않았다.

—6시. 세 명이 놈을 잡고 있다.

"도착하기 30초 전. 헉헉!"

하지만 도착보다 비명 소리와 총소리가 먼저였다.

—푸슉! 푸슉! 크악!

—켁!

—…….

방계량은 소름이 돋았다.

놈의 진행 속도가 너무 빨랐고, 이대로 진행된다면 감싸기는커녕 모이기 전에 각계격파를 당할 수 있다는 생각이 든 것이다.

"뒤로 물러난다! 놈과 붙지 말고 뒤로 물러나 9시 쪽으로 모인다."

―알겠… 컥!

"빨리!"

놈을 단순히 실력 있는 살인자라고 본 것이 실책이었다.

그리고 자신들이 놈을 쫓는 게 아니라 자신들이 사냥을 당하고 있다는 걸 깨달았다.

"이 인원이 다인가? 9시에 아직 도착하지 못한 팀원은?"

―…….

24명으로 이루어진 팀원 중 남은 이는 고작 6명.

믿을 수 없는 현실에 마이크로 팀원들을 불러보지만 아무런 대답이 없다.

"사주 경계! 놈은 이쪽으로 향하고 있다."

좁은 사거리 골목의 한쪽을 차지해 뒤로 두 명, 좌우, 정면으로 세 명을 배치하고 놈을 기다린다.

꿀꺽!

긴장한 팀원이 침을 삼키는 소리가 크게 들린다.

사위는 조용했지만 그것이 곧 불어닥칠 폭풍전야라는 걸 모르는 사람은 없었다.

'놈은 우리보다 이런 전장에 더 익숙한 놈이다!'

'만일 내가 놈이라면……?'

방계량은 생각을 하며 좁은 사거리에서 커다란 십자가처럼 보이는 밤하늘을 본다.

그리고 그의 눈에 검은 그림자가 하늘을 배경 삼아 날아오는 것이 보였다.

"하, 하늘…큭!"

늦었다. 놈이 던진 뭔가가 목을 꿰뚫는다.

두두두두두두두! 푸슉! 푸슉!

쓰러져 가는 방계량의 눈으로 고장이 난 전등이 달린 것처럼 총탄의 불빛이 반짝거린다.

하지만 그것도 잠시, 골목길은 언제 그랬냐는 듯 다시 고요와 어둠으로 물든다.

"끝인가?"

자신들을 유린한 존재는 마치 살해할 뭔가가 더 없음을 아쉬워하듯 중얼거린다.

'개새끼…….'

그런 태도에 방계량은 분노했지만 말을 할 수도, 손가락 하나 까닥할 힘도 없었다.

그저 다시 어둠으로 사라지는 놈을 향해 속으로 욕을 한 번 하는 것으로 끝을 내야 했다.

그리고 만근의 쇠를 단 듯한 눈이 감겼다.

*　　　　*　　　　*

김 형사는 머리가 뚫린 채 쓰러지는 여자를 보고 경악을 했다.

'누가 날 도운 거지?

손에 들린 칼을 보고는 짐작 가는 바가 있었지만 이어지는 총성에 재빨리 몸을 숨겨야 했다.

30m 정도 떨어진 옥상에 불꽃이 튄다.

그리고 자신의 근처에 있던 건물에서 야행복을 입은 수십 명이 달려 나오는 모습에 기겁을 했다.

"이크!"

나온 놈들은 하나같이 총을 들고 있었다. 그리고 몇 명은 자신을 향해 총을 쏘았다.

조금만 늦게 피했어도 벌집이 되었을 터였다.

다행히 놈들은 다른 누군가를 쫓고 있는지 더 이상 그에게는 신경 쓰지 않았다.

"양 형사, 지금 어디야?"

─시장 골목 쪽으로 들어가고 있습니다.

"오지 마! 차있는 곳으로 가서 빨리 경찰특공대 불러!"

─천하의 김 형사님이 강간범 두 명에게 쫓아서 경찰특공대를 부르다니요?

자신의 말을 농담으로 받아들이는 양 형사를 향해 냅다 소리를 질렀다.

"야! 이 새끼야! 지금 여기 무장한 놈들이 수십이야! 뒈지고 싶으면 와도 되는데 그러기 싫으면 당장 경찰에 연락해!"

—아, 알겠습니다.

"이 새끼는 진담과 농담을 구분 못해."

거칠게 무전을 종료한 김 형사는 쉽사리 떨어지지 않는 몸을 이끌고 사격이 집중되던 건물로 조심히 다가갔다.

"씨발⋯⋯."

건물 옆 골목 입구에 두 구의 시체가 누워 있었는데 그 모습을 보니 자연스럽게 욕이 튀어 나왔다.

"중국제 토카레프."

원래는 러시아산인 권총인데 요즘은 값싼 중국제 토카레프가 다량 밀수되어 범죄 조직에 의해 사용되고 있었다.

김 형사는 자신이 쓰는 M60 리볼버를 보다 피가 묻지 않은 토카레프 하나를 더 챙기고 골목으로 들어갔다.

"후욱~ 후욱!"

경찰이며 특수부대 출신인 그였지만, 총을 사용할 일이 거의 없었다.

실제로 이런 시가지전을 경험한 적은 전무했기에 잔뜩 긴장한 채 조심히 골목을 누볐다.

"이쪽으로 갔군."

여자의 마수에 자신을 구한 이가 지금 총으로 무장한 이들이 쫓는 사람이며, 동대문과 경기도 일대에 나타난 살인마가 아닐까 생각했다.

그리고 그가 이곳 동대문을 찾은 건 특별 수사본부에서

잡고 있는 범인과 연관이 있지 않을까 하는 막연한 추측에 서였다.

하지만 골목에 쓰러진 다른 시체를 보고 두 인물이 동일인 임을 거의 확신했다.

'미는 힘만으로 목을 부러뜨렸어.'

턱에는 상처가 없었다. 그럼에도 뒤로 젖혀진 채 쓰러진 시 체는 목뼈가 나가 있었다. 그리고 반항의 흔적이 전혀 없다는 점을 봤을 때 순식간에 해치웠다는 소리였다.

동일인이 아니라도 문제였다.

그런 괴물이 두 명이라면 앞으로의 피해는 상상을 불허할 것이다.

다다다다다다다!

반대편에서 기관총 소리가 동대문 전체에 울려 퍼진다.

그리고 그것을 끝으로 묘한 정적이 일대를 감싼다.

'끝난 건가?'

자신이 봤을 때 그를 쫓던 인물들은 수십 명이었다. 그런데 더 이상 어떤 소리도 들리지 않고 조용하다.

김 형사는 갑자기 소름이 돋았다. 그리고 벽에 등을 기대고 총을 겨눈 채 좌우를 살폈다.

자신이 생각한 게 사실이라면 놈의 위치를 파악해 잡으려 해도 문제였다.

아까보다 더욱 천천히 벽에 기댄 채 움직였다. 5분 동안 채

20m도 움직이질 못했다.

그리고 멀리서 들려오는 사이렌 소리에 지금까지 버티던 힘이 빠져나감을 느껴야 했다.

그는 자신도 모르게 가늘게 떨고 있었다.

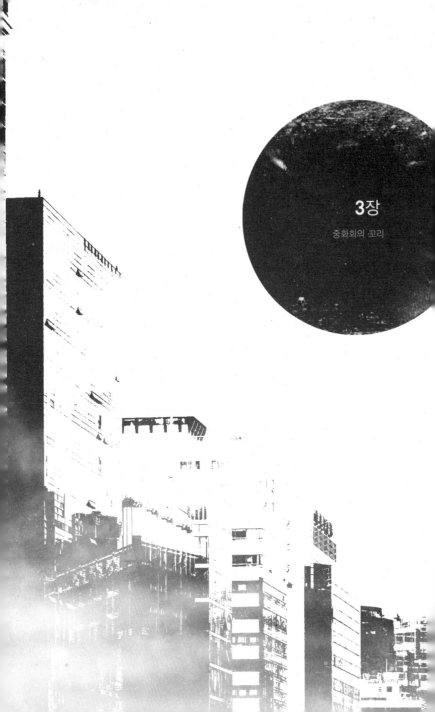

3장

중화회의 꼬리

유행과는 상관없는 단정한 머리, 흰색 와이셔츠와 지독히
도 평범한 검은 넥타이, 당장 상갓집에 들어가도 될 만큼 완
벽한 검은색 양복과 구두.

누가 봐도 경호원 스타일이 된 나는 첫 출근을 했다.

"반갑네. 경호 팀장 민정철이야."

"박무찬입니다. 잘 부탁드려요."

30대 후반으로 보이는 민정철을 내 말투에 인상을 쓴다.

"말은 '다까' 로 끝내는 게 좋겠군. 특수부대 출신이라 들
었는데……."

"알겠습니다. 요즘 민간인처럼 생활하려다 보니 어느새 습

관이 들었나 봅니다."

"좋아! 같은 식구가 된 걸 환영하네. 그리고……."

민정철은 경호팀에 있던 이들을 한 명, 한 명 소개시켜 주었다.

총 12명으로 이루어진 경호팀은 2명이 상황실 근무, 6명이 회사 내 근무, 4명이 유력 인사 경호를 담당했다. 회사 내 근무를 하는 6명 중 4명은 경비를 하는 분들로 경호팀 소속이었다.

야간 근무도 1주일에 한 번, 2인 1조로 이루어졌다.

"앞으로 많은 지도 편달 부탁드립니다."

야간 근무 조와 현재 각 구역에서 일하는 사람을 제외하고 6명에게 인사를 나누고, 다시 그들 전체를 향해 고개를 숙였다.

"자네가 맡게 될 곳은 유력 인사 경호네. 두 명이 어제부로 다른 곳에 파견을 가서 특별히 채용된 만큼 열심히 해주게."

"알겠습니다."

"그리고 상무님의 비서실로 가보게. 자네를 추천한 분이 보자더군."

서미혜의 참모이자 회사의 비서실장의 추천으로 경호팀에 고용되었다.

낙하산이라 눈치를 받을 줄 알았는데 의외로 경호팀에서 자주 있는 일인지 편하게 대해준다.

경호실에 비치된 회사의 구조도를 봤기에 쉽게 상무실을 찾을 수 있었다.

노크를 하고 안으로 들어갔다.

오른편에는 단정한 차림을 한 여자 비서의 책상이 있었고 그 맞은편에 비서실장이 앉아 있었다.

"오늘부로 경호팀에서 근무하게 된 박무찬입니다. 부르셨다고 해서 찾아왔습니다."

"어서 오게. 석도현일세."

40대 후반쯤으로 보이는 석도현은 구김 하나 없는 와이셔츠와 양복, 한 올도 삐치지 않은 단정한 머리를 보니 성격이 대략이나마 짐작이 되었다.

또한 말투는 나에 대해 전혀 호감이 없었다. 아니, 오히려 적대감이 느껴질 정도로 차가웠다.

"잠깐 얘기 좀 나눌까? 설미현 씨, 회의실로 커피 두 잔 부탁해."

석도현과 난 회의실에 놓인 원탁에 마주보고 앉았고, 커피가 도착할 때까지 그저 서로를 바라보고만 있었다.

그리고 커피를 한 모금 마신 후, 얘기를 꺼낸다.

"난 자네가 싫네. 아가씨 곁에 있는 것도 싫고."

"이유를 알 수 있을까요?"

어차피 내가 누구인지, 왜 이곳에 온 건지 아는 사람이었다.

그런 이와 둘이 있는데 굳이 불편한 말투를 사용할 필요는 없었다.

"난 오래전부터 아가씨를 봐 왔네. 요즘 아가씨를 보면 총기를 잃은 것 같아. 난 그게 자네 때문이라고 생각하지."

"마치 제가 서미혜 씨에게 악인 것처럼 말하시는군요."

"부정하지 않겠네."

석도현은 서미혜를 사랑하고 있었다. 남녀 간의 사랑이 아닌 자식에 대한 부모의 마음과 같은 그런 사랑이었다.

아직까지 아이가 없으니 부모님의 마음을 알 수는 없지만 약간이나마 이해가 된다. 그렇다고 그의 태도까지 마음에 드는 건 아니었다.

"그냥 그만 둘까요? 사실 저도 딱히 경호원을 하고 싶은 건 아니거든요."

"…그럴 순 없지. 아가씨가 원하는 일이니까."

"한데 왜 저에게 싫다고 말하시는 거죠? 앞으로 벌어질 일이야 뻔한 일이고 저 또한 석 실장님에게 도움을 받아야 할 텐데. 처음부터 이러면 곤란하죠."

"자네!"

"서미혜 씨를 생각했다면 처음 저와의 만남을 시작할 때 그만두게 하셨어야죠."

"정말 안하무인하군. 내가 자네에 대해 신 사장에게 말할 수도 있네!"

"말하세요. 그럼 지금보다 더 자유롭게 만날 수 있게 되니까요."

차갑고 변함없던 얼굴이 급기야 붉으락푸르락해지며 일그러져 간다.

난 그를 놀리려는 게 아니었다.

서미혜와의 마지막을 그녀의 소원대로 일반 연인들처럼 보내게 해주고 없던 사람처럼 조용히 떠나는 것이다.

그러려면 그의 도움이 있어야 했다.

"봄이 오기 전, 서미혜 씨와의 관계를 끝낼 생각이에요."

"지금 그 말, 사실인가?"

갑작스러운 내 말의 진위 여부를 파악하려는 듯 되묻는다.

"네. 그러기 위해 여기 왔어요. 완벽하게 그녀가 원하는 대로는 아니지만 영화도 보고, 놀이공원도 가고 그럴 생각입니다. 말 많은 세계에 오점을 남기고 싶지는 않군요. 그건 석 실장님도 마찬가지라고 생각하는데요."

"그래 준다면……."

"석 실장님의 도움이 필요해요. 미혜 씨가 아무런 미련 없이 절 버릴 수 있게 도와주세요."

"미안하네. 난 자네 생각도 모르고."

"말하지 않았는데 알 수는 없죠. 석 실장님에게 전 그저 돈 많은 여자에게 붙어 있는 그저 그런 놈에 불과하니까요."

"끝날 때 내가 따로 챙겨주겠네."

"그건 사양하죠. 저도 서미혜 씨에게 받은 게 많거든요."

서미혜가 말했을지 모르지만 굳이 우리 관계에 대해 가타부타 말하기 싫어 두루뭉술하게 넘겼다.

석도현과의 얘기는 잘 끝났다.

그리고 서미혜를 만나기 위해 들어갔다.

"오늘부로 상무님을 경호할 박무찬입니다."

"킥킥! 잘 어울리네. 앉아."

소파에 앉자 내 옆자리에 앉으며 손을 잡는다.

"이거 은근히 스릴 있다. 가슴이 뛰어 일도 손에 잡히지 않는 걸."

"상무님, 회사 내에서 이러시면 곤란합니다. 직장 내 성희롱으로 고소할 수도 있는 문제입니다."

"호호! 고소해."

이제 늘씬한 다리까지 올리고 희롱을 한다.

"어쩔 수 없군요. 직접 성희롱에 대한 대책을 실행해야겠군요."

"어머!"

난 그녀의 두 손을 잡고 뒤로 돌렸다. 꼼짝 못하게 된 서미혜는 두 눈만 동그랗게 뜰 뿐이었다.

"읍!"

난 그녀에게 아주 긴~ 키스를 했다.

성희롱은 금방 끝이 났다. 스릴은 있을지 모르지만 업무시간에 그런 일을 할 만큼 이성이 없는 여자는 아니었다.

"인사는 다 드렸나?"

경호팀으로 돌아오자 모니터를 보던 민정철이 반갑게 맞아준다.

"네. 이제부터 뭘 하면 되겠습니까?"

"자네가 담당할 상무님이 밖에 나가실 때까지 딱히 할 것은 없어. 지루하다 싶으면 동료들 대신 순찰 한 바퀴씩 해주면 좋아라들 할 거야."

"조언 감사합니다."

"말귀가 빠르니 조언 한마디 더 하지. 비서실장님께 무슨 얘기를 듣고 이곳에 왔는지 모르지만 상무님 외출 시 절대 눈을 떼지 말게. 정말 신출귀몰하게 사라지는 분이니까. 그 때문에 상무님을 경호하는 걸 제일 싫어한다네. 하하하!"

"그러겠습니다."

그게 나 때문이라는 걸 알면 주먹을 날릴 것이다.

난 일단 경호와 관련된 책자를 읽기 시작했다.

회사의 세세한 구조와 시설물은 물론이고, 내가 침투를 한다고 생각하고 시뮬레이션도 해봤다. 역시나 금융회사답게 무섭도록 철저하게 감시되고 있었다.

하지만 만일 몇 사람만 공모한다면 회사의 기밀 내용을 빼돌리기는 쉬워보였다.

직원들의 얼굴을 익히고 있는데 마침 순찰을 마친 주진국 경호원이 들어왔다.

"고생하셨습니다. 오늘은 회사 구조도 알 겸, 제가 돌겠습니다."

"허, 그렇게 해주면 고맙지. 비서실에서 연락 오면 전화 줄게."

회사 내에서 일하는 경호팀의 경우는 1시간에 한 번씩 회사 내를 순찰했다. 경비 업무를 맡는 네 사람을 제외하고 두 명이서 같이 할 때도, 혼자 할 때도 있었지만 전날 야근이라도 한 명 있으면 하루 종일 돌아야 하는 꽤나 번거로운 일이었다.

그래서 유력 인사 경호원이나 상황실 근무 경호원들이 틈틈이 한 번씩 돌아주었다.

'저 사람은 M&A 부서장이군.'

지나가는 남자에 대한 정보를 떠올리곤 살짝 고개를 숙여 인사를 했다.

비록 반장난식으로 이곳에 왔지만 내가 있을 곳에 대한 조사는 필수였다.

사내를 한 바퀴 다 도는데 한 시간 반이나 걸렸다.

"50분에 한 바퀴씩 돌아야 돼."

"얼씨구! 넌 처음에 2시간이 넘게 걸렸으면서."

"하하. 그렇다는 사실을 알려준 것뿐입니다."

"하여간 후배 들어왔다고 너무 부려먹지는 마라."

"그럼, 형님이 한 바퀴 돌아주세요."

내가 들어가자 주진국과 상황실의 선배 한 명이 얘기를 나눈다.

"뭐 이상한 거 없었지?"

"네. 한 바퀴 더 돌다 오겠습니다."

"아냐. 넌 대기해. 보통 식사 시간 전후로 해서는 움직이지 않는 게 좋아. 높으신 양반들은 꼭 밖에서 먹는 경우가 많거든."

주진국이 말하기 무섭게 경호팀으로 연락이 왔다.

─딩동! 상무님 나가십니다. 경호팀, 지하 주차장에 대기해 주세요.

"봐라. 내 말이 맞지? 파견 나간 두 명이서도 뺑이 치게 만든 상무님이다. 고생해라."

"네. 선배님도 고생하… 시지 말입니다."

'다'로 끝나는 말을 한참 생각하다 TV에서 본 군대용어를 따라해야 했다.

"하하하! 저 녀석, 걸작이다."

"큭큭큭큭!"

뒤에서 들리는 웃음을 애써 무시하고 지하 주차장으로 향했다.

엘리베이터에서 내려 주차장으로 나가자 몇 번 탔던 차가 시동을 건 채 입구에 서 있었다.

"전 보조석에 타면 됩니까?"

"아뇨. 비서실장님 말씀이 박무찬 씨가 운전까지 한다고 하시던데요?"

"네에?"

"퇴근 할 때 집에 차가지고 간 다음에 특별한 연락 없으면 오전 7시까지 상무님 집에 가시면 돼요."

기사는 자신이 할 말만 하고 지하 주차장에 위치한 기사대기실로 가버린다.

석도현, 이 망할 자식이 아까 약 좀 올렸다고 기사 역할까지 시킬 모양이다.

가서 따지고 싶지만 아까 내가 한 말이 있어서 참아야 했다.

서미혜가 내려왔다.

차문을 열고 그녀가 타기를 기다렸다가 문을 닫고 운전석에 앉았다.

"면허는 있는 거지?"

미심쩍은 표정으로 묻는 그녀.

"벌써 오래전에 땄어요. 다만 장롱 면허라는 점은 이해해 주세요."

"제발 목숨만은 살려줘."

"안전벨트는 필수랍니다, 상무님."

목적지를 내비게이션에 찍고 출발을 했고, 가는 동안 내내 얘기를 나눴다.

임페리얼 호텔에 도착해 발렛을 맡긴 후, 레스토랑으로 향했다.

"근처에서 식사를 하고 있어요."

"알겠습니다."

시선이 있는 곳에선 서로 완벽한 주종관계였다.

그녀가 앉은 곳과 10m 정도 떨어진 테이블에 앉아 식사를 시켰다. 한가할 때 먹어야 한다는 서미혜의 충고 때문이었다.

그녀와 점심 약속을 한 사람은 개량 한복을 곱게 차려입은 노년의 부인이었다.

"오랜만에 봬요, 어머님."

"오랜만이구나. 바쁘게 지낸다는 얘기 들었다."

"아버지께서 시킨 일이 쉽게 풀리지 않아서 찾아뵙지도 못했네요."

"됐다. 바쁜 사람이 나 같은 늙은이를 무에 찾아와. 회장님께서 널 믿고 어려운 일을 맡기신 거니 열심히 하려무나."

"이해해 주셔서 고맙습니다, 어머님."

신세호의 어머니, 장래의 시어머니와의 만남이 편할 리가 없을 텐데도 서미혜는 계속 웃고 있었다.

식사를 하면서도 두 사람은 정말 다정해 보이는 모습으로 얘기를 나누었다.

별다른 내용은 없었다.

그냥 극히 평범한 이야기였다.

누가 이혼을 하고, 누가 애를 낳고, 누가 아파 쓰러졌다는 얘기들. 다만 나오는 이들의 이름이 신문에서나 보던 이름이었다.

식사가 끝나고 차를 마실 때가 되어서야 본론을 시작한다.

"한데, 할 말이 있다고 하셨는데 무슨 말씀이세요?"

"요즘 세호와 잘 만나니?"

"두 달에 한 번씩 만나요."

"저런, 더 자주 만나야 하는데 서로 바빠서 못 만나나 보구나?"

"…그렇다고 할 수 있어요."

"그래서 하는 말인데. 너희 결혼을 내년 봄에 했으면 하는구나."

"……!"

내내 웃음 짓던 서미혜의 얼굴이 순간 딱딱하게 굳었다.

"안사돈과도 얘기를 나눴는데 내가 원한다면 5월쯤이면 괜찮다고 하셨다."

"전… 아직 해야 할 일이 있어요, 어머님."

"안다. 하지만 요즘에 결혼을 한다고 일을 그만두는 이들이 몇이나 되겠니? 나 또한 네가 하는 일에 소홀하지 않도록 노력하마."

"내년 오월이면 이제 5개월 조금 더 남았는데……."

"내가 준비할 것은 없다. 모든 건 안사돈과 내가 얘기해서 준비하마."

늙은 생강이 무섭다고, 말 한마디 잘못 꺼낸 서미혜는 꼼짝없이 5월에 결혼을 해야 할 상황이 된 것이다.

하지만 조금 전 말실수를 하지 않았더라도 노부인은 실수를 할 때까지 하루 종일 서미혜를 괴롭혔을 것이다.

수십 년을 넘게 살아온 능구렁이를 서미혜가 대적하기는 힘들었다.

"그럼, 그렇게 알고 준비하마."

"어, 어머님!"

서미혜는 이대로 당할 수 없다고 생각했는지 일어나려는 노부인을 붙잡았다.

"네 맘 안다. 세호 그 녀석이 어떤 짓을 하고 다니는지. 내 귀에까지 소문이 들어올 정도인데 네 마음은 어땠을꼬. 걱정 마라. 내 그 녀석을 따끔하게 혼냈으니 다시는 그런 짓 안할 게다. 그러니 너도 한번 믿어다오."

서미혜는 시어머니에게 완벽하게 졌다.

나중에라면 어떨지 모르지만 지금의 그녀는 노부인에 비해 너무 순진하고 착했다.

노부인이 떠나고 한참을 멍하니 있던 서미혜는 힘없이 일어섰다.

"회사로 들어가시겠습니까?"

"아뇨. 잠깐 바람이라도 쐬고 싶군요."

"알겠습니다."

차를 타고 가는 동안 서미혜는 아무 말도 없었고, 나 역시 아무 말도 하지 않았다.

이럴 땐 그저 조용히 있어주는 게 좋을 거라는 판단 때문이었다.

차를 몰아 한강으로 갔다. 몇 대의 차가 따라오는 것이 보였지만 숨길 이유가 없는 장소였기에 상관하지 않았다.

"창문 열어줄까요?"

"응."

강바람은 찼다. 하지만 창밖으로 얼굴을 내민 채 서미혜는 눈을 감는다.

아마 생각을 정리하는 중이리라.

"나, 체했나봐."

생각을 정리했는지 창문을 닫고 앞자리로 손을 내민다. 난 그 손에 지압을 한다.

"늙은 여우랑 얘기하느라 힘들었군요."

"어떻게 알았어? 그 여자랑 얘기하고 나면 너무 피곤해."

"얘기하는 것만 들어도 대충 성격을 짐작할 수 있죠."

"설마……?"

서미혜의 손이 딱딱하게 굳는다.

"내가 귀가 좋다는 말 안 했었나 보군요? 남들에 비해 엄청 좋습니다."

"그랬구나……. 네 생각은 어때?"

"예정된 일이었잖아요."

지압을 계속하며 담담하게 말했다.

"맞아. 예정된 일이지……."

서미혜는 담담한 내 대답에 서운하다는 말도 없었지만 조금은 실망한 눈치였다.

그래서일까? 이후에 아무 말도 하지 않음으로서 나에게 복수를 한다.

경호원은 힘든 일이었다.

*   *   *

크리스마스가 가까워지면서 TV에서는 불경기로 거리가 한산하다는 뉴스가 심심찮게 나오는데 하루가 운영하는 매장은 예외였다.

늦은 시간임에도 불구하고 연인의 선물을 고르는 이들로 북적이고 있었다.

2층으로 올라가자 리모델링을 했는지 분위기가 한결 밝아져 있었고 예전에 침실이 있던 공간이 사무실로 바뀌어 있었다.

단정한 복장이지만 왠지 섹시한 느낌을 풍기는 하루는 연신 전화 통화를 하고 있었고, 내가 들어가자 의자에 앉으라고 손짓한다.

"바쁘네?"

"응. 연말까진 정신없을 거야."

"하긴, 플레져도 정신없이 바쁜 것 같더라."

"참, 지난번에 보낸 애들 아르바이트 구해줬는데 삼 일 일하고 다시 가버렸어. 미안."

쉽게 돈 버는 방법을 알았으니 버티기 힘든 게 당연한 일이었다.

"오히려 내가 고맙지. 그리고 그네들 인생이니까. 신경 쓰지 마."

"귀여운 애들이었는데… 험한 일이나 안 당했으면 좋겠다."

"한데 무슨 일로 날 불렀어?

하루가 급히 부탁할 일이 있다고 해서 퇴근하고 온 것이다.

"VVIP 클럽에서 일하던 유라가 지금 홍두파에 잡혀 있어."

"납치당한 거야? 그런 일이라면 삼영파─세 명의 영웅이라는 의미로 만든 이름이란다─에게 부탁하면 금방 해결되잖아?"

"그게……."

하루의 설명은 이랬다.

유라는 VVIP 클럽에서도 최상위에 속하는 아가씨로 꽤 많은 돈을 모았다. 한데 직업의 특성상 외로움을 달래고자 호스트바를 갔는데 그곳 호스트에게 푹 빠져 버린 것이다.

그 후 호스트의 권유로 사채를 썼는데 그게 홍두파의 돈이었다는 것.

너무나 뻔한 스토리. 하지만 뻔했기에 자주 일어나는 일이기도 했다.

"삼영파에선 뭐래?"

"명분이 없대."

"그래서 날 불렀다고? 나라고 무슨 뾰족한 수가 있는 것도 아니잖아."

"그래도 혹시 몰라 부탁을 했어. 그랬더니 찾아는 간 모양이야. 한데 그들이 널 만나길 원했나봐."

"나를? 그들이 어떻게 날 알았지?"

"이 바닥이 생각보다 훨씬 좁아. 내 얼굴은 모르겠지만 이름은 이미 파다해."

불곰이 했던 말이 이제야 실감이 난다.

스스로에게 질문을 던져본다.

위준이라는 이름으로 날 추적할 수 있을까?

가능하다. 하루와 삼영파의 세 사장, 불곰에게 내 얼굴을 기억 못하게 최면을 걸어뒀지만 하루의 경우는 최면이 깨지기 쉬웠다.

너무 자주 본 것이다.

물론, 서로의 비밀들이 얽힌 관계라 나에 대해 밝히진 않겠지만 최악의 상황을 항상 염두에 두고 있어야 했다.

"부탁해, 위준아. 유라는 내게 있어서 둘도 없는 친한 친구야."

"그들 연락처 알지?"

"고마워! 내가 지금 연락할게."

유라와는 일면식도 없었다.

그러나 비록 전체 수익의 8%에 불과하지만 그중에 분명 그녀가 번 돈이 포함되어 있었다. 물론, 돌려주면 된다. 그뿐이다.

하지만 그 돈은 이미 가출 청소년을 위한 쉼터에 모조리 들어간 상태다.

절대 고맙다고 안겨 오는 하루 때문에 가는 것은 아니었다.

나의 연락을 기다렸다는 듯이 약속은 잡혔다.

번거롭게 다시 시간을 내지 않게 해준 것에 대한 감사로 싸우게 된다면 곱게 저세상으로 보내주기로 마음을 먹었다.

약속장소는 신림역과 봉천역 중간쯤에 위치한 룸살롱이었다. 오늘은 영업을 안 하는지 철문으로 굳게 닫혀 있었다. 하지만 안에는 꽤 많은 인원이 무리지어 나누어져 있었다.

쿵쿵쿵! 쿵쿵쿵!

주먹으로 철문을 몇 번 두드리자 인기척이 들리며 철문이 열린다.

"어떻게 오셨습니까?"

"위준이 왔다고 전해주세요."

"기다리고 계십니다."

안으로 들어가자 철문을 굳게 닫는다. 그리고 몸수색이 끝난 후에야 오늘 나를 찾은 이강철에게 안내되었다.

20대 후반에서 30대 초반으로 보이는 이강철은 얄팍하고 날카로운 인상을 지니고 있었는데 마치 살모사처럼 생겼다.

"위준입니다."

"이강철이오."

룸 안의 테이블 위는 깨끗했고 덩치들이 언제든지 움직일 수 있게 사방 벽에 기대고 있었다.

손학주가 어떻게 죽었는지 소문을 들은 게 분명했다.

"절 보자고 했다는데 이유를 알 수 있을까요?"

"성격이 급한 분이군요. 먼 길 오셨는데 따뜻한 차라도 한 잔하시죠?"

"그럼, 종이컵에 부탁하죠."

"하하하! 이거 내가 무서워한다는 걸 너무 티를 냈군요."

자신의 약점을 말할 수 있다는 건 약점이 아니거나 약점을 보안할 방책이 있다는 것이다. 물론 그 방책이 나에겐 아무 소용없는 방도겠지만 말이다.

그리고 실제로 녹차 티백이 들어 있는 종이컵을 가져왔다.

"내가 조심성이 많은 편이니 이해하시오."

"좋은 습관이군요. 그럼 얘기를 시작하죠. 왜 날 보자고 했죠?"

이강철은 유라의 빚을 갚겠다는 하루의 말에 이미 팔아버려서 없다고 딱 잘라 거절했었다.

"해줬으면 하는 일이 있어 보자고 했소."

"무슨 일이죠?"

"어디 가서 물건 좀 가지고 오면 되는 일이오."

마치 옆집에 맡긴 물건을 찾아오듯이 말하지만 어려운 일임에 분명했다.

"어려운 일이군요."

"맞소. 꽤 어려운 일이죠."

"정확하게 말해보시죠."

"하하하! 허락이 먼저요. 괜히 입 놀려서 좋은 일이 아니라서."

"그럼, 얘기는 끝이군요."

난 다 마신 종이컵을 놓고 자리에서 일어났다. 굳이 알지도 못하는 사람 구하겠다고 이곳에 있는 모두를 죽일 수도 없는 노릇이었다.

"지금 떠나면 유라를 영영 못 볼지 몰라요."

"자신의 모든 걸 잃게 될 걸 알면서도 남자에게 매달린 정신 나간 여자 따윈 어떻게 되도 상관없어요. 그리고 혹시나 싶어 말하지만 날 건드리는 순간 지옥문이 열립니다. 실험해 보고 싶으면 해볼래요?"

잠시 고민하던 이강철이 어쩔 수 없다는 듯이 혀를 차며 마지못해 말한다.

"…내가 졌소! 성격이 급하다는 걸 알면서도 배려를 못했소."

졌다고 말했지만 그냥 계속 얘기를 하자는 의미다.

"배려까지 해주니 한 번 더 들어볼까요?"

반쯤 연 문을 닫고 다시 자리에 앉았다.

"얼마 전쯤에 우리 측 애들이 인천에 놀러간 적이 있었소. 한데, 중국 놈들과 시비가 붙어 크게 당하고 말았소. 지금도 다들 병원에 누워 있소."

"저런."

감정 없는 리액션이었다.

"그래서 홍두 형님께 보고를 하고 대대적인 공격을 준비했소. 그런데 갑자기 공격이 취소됐소. 나에겐 한마디 상의 없었지! 그냥 '화해했다'가 끝이었소."

"뒷거래가 있었겠죠."

"그랬겠죠. 홍두 형님은 그만두라고 하셨지만 난 참을 수가 없었소. 명령 때문에 공격이야 못하지만 우리가 입은 피해의 열 배, 스무 배로 갚아주자 명세했소."

"형님!!"

옆에 서 있던 덩치들은 이강철의 말에 감동을 한 표정으로 '형님'을 찾으며 고개를 숙인다. 정말 눈물 없이는 못 볼 광경이다.

하지만 나에겐 그저 긴 사설이오, 사족이었다.

"너희들은 나가 있어라."

드디어 본론이 나올 모양이다.

덩치들이 나가자 이강철은 낮은 목소리로 말하기 시작했다.

"삼 일 뒤, 크리스마스 새벽에 놈들이 모처에서 밀거래를 할 예정이오. 그들의 물건을 가져다 주시오."

"물건은 뭐죠?"

"황금이요!"

끼리끼리 논다고 두목인 홍두나 이강철이나 욕심에 눈이 먼 놈들이었다.

"대가는?"

"유라를 자유롭게 해주지. 위준 씨가 데리고 살아도 좋고."

"그게 대가의 다라면 못하겠군요. 방금 들은 얘기는 머리에서 깨끗하게 지우죠."

"중국 놈들이 우리 애들을 상하게 했소. 그들에게 챙겨주려면 많이는 줄 수 없소."

흥미가 없어졌다. 재산에서 나오는 이자만으로도 남부럽지 않게 쓰며 살 수 있는데 굳이 남의 황금을 탐할 이유는 없었다.

그저 무엇 때문에 날 찾는지 위준이라는 이름으로 나를 얼마만큼 알고 있는지 알고 싶었을 뿐이었다.

비록 유라는 못 구했지만 이 방에 있던 놈들의 얼굴을 모두 기억하고 있으니 한 놈씩 조져 구하면 된다.

"10분의 1을 주겠소."

"난 목숨을 걸어야 하는 일입니다. 다른 사람이나 시키든가요."

"5분의 1. 그 이상은 절대 안 되오. 중화흰지, 중화요린지 그놈들의 정보를 캐기 위해 쓴 돈도 만만치 않소!"

중화회!

뒤돌아 나가던 난 다시 한 번 뒤돌아 의자에 앉았다.

"5분의 1에 유라를 당장 풀어주시죠. 그럼 하겠습니다."

"그건 곤란하오. 우리에겐 신뢰가 없잖소?"

"신뢰야 만들면 되죠. 유라 양이 빚진 돈이 1억이니 1억을 먼저 드리죠. 또한, 만약 물건을 훔치게 되면 이등분을 해서 동생들 앞에서 하나 드리고, 이강철 씨와 별도로 만나 나머지를 드리죠."

내 말에 작은 눈이 커지더니 금세 초승달처럼 휘어진다.

"이제야 믿음이 조금 가는군요."

욕심쟁이 같으니라고.

"혹시나 내가 일에 실패하면 정보비의 일부를 보상해 드리죠."

"정보비가 꽤 비쌌는데……."

"2억."

"3억이면 적당하겠군요."

"동생들 치료비에 좀 보태라고 4억 드리죠. 문서로 남길까요?"

"서로 믿는 사람끼리 서류는 필요 없소. 다만 혹시라도 죽게 된다면……."

"VVIP 클럽의 하루 양에게 말해 두죠. 혹시 내가 죽게 되면 한 달 안에 4억을 이강철 씨에게 전해주라고요."

우리는 계약이 체결되었다는 의미의 악수를 나눴다.

"참, 유라 양에게 손을 댄 건 아니겠죠?"

"거래 물건에 손댈 만큼 간 큰 녀석들은 내 밑에 없소."

"그럼, 이제부터 자세히 얘기해 볼까요?"

"술이나 한잔하면서 얘기를 합시다."

"종이컵에 술 마시는 건 사양하죠."

"하하! 크리스털 잔으로 가져오라 하겠소. 그러다 죽으면 내 눈을 탓해야지 별 수 있겠소?"

이강철과 나는 서로 믿는 게 아니었다. 아직까지 자그마한 신뢰도 없다.

그저 서로의 이익이 맞아 떨어지면서 함께하는 것뿐인데 허울 좋게 믿음과 신뢰라는 말로 포장할 뿐이었다.

"장소는 어디죠?"

"인천항 국제 여객 터미널 인근에 있는 중한통상."

"그날이 기대되네요."

애기가 끝나고 잠시 기다리자 초췌해진 유라를 데리고 왔다. 난 그녀와 VVIP 클럽으로 향했다.

달리는 택시 차창으로 다시 눈이 내린다.

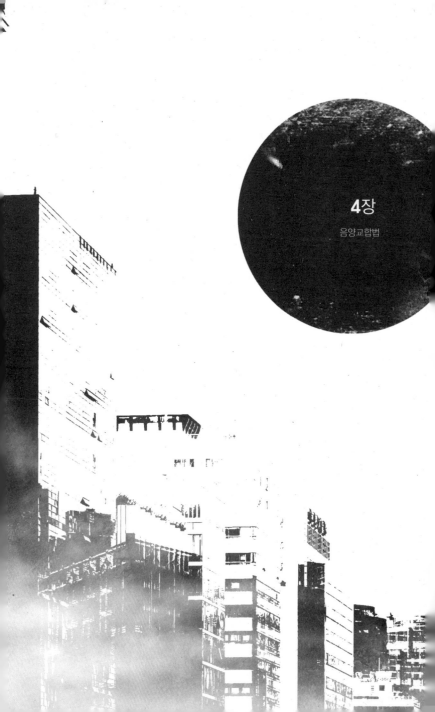

4장

음양교합법

섬에서 날짜를 알 수 있는 방법은 매일 숯이나 날카로운 것을 이용해 나무나 바위에 새기는 것이다.

하지만 섬에 들어와 어느 정도 기간이 지나면 어떤 사람도 그것이 미친 짓임을 깨닫고 그만두게 되었다.

오랫동안 섬에 있던 이들은 별의 위치, 날씨의 변화—거의 변화가 없다—를 보고도 알 수 있었지만 굳이 날짜를 세지는 않았다.

날짜를 센다는 건 일주일에 두 번 있는 죽음의 전투를 곱씹는 행위나 마찬가지였다.

하지만 일 년에 한 번, 정확하게 날짜를 알 수 있는 기간이 있었다.

'섬의 홀리데이'라고 불리는 크리스마스와 신년 기간이 그때였다.

카메라로 우리를 지켜보는 관객이 없는 건지, 섬을 운용하는 이들이 쉬는 날인지 말들은 많았지만 섬에서조차 이때는 무척이나 평온하고 풍요로운 기간이었다.

물론, 이때도 긴장을 풀면 바로 죽음이었기에 항상 조심했지만 내가 원하지 않는다면 살인을 멈출 수 있다는 것과 음식이 많이 제공된다는 점에서 휴일이라 불릴 만했다.

12월 24일.

크리스마스이브인 오늘부터 신년에 이르는 이 주일 간 세상모르게 쉬고 싶었지만 오히려 더 바쁜 기간이 될 것 같다.

아침부터 저녁 6시까지는 우니를 위한 시간으로 정했다.

"가기 싫어요."

"잔말 말고 어서 준비해. 아님, 지금 그대로 둘러메고 간다."

헐렁한 체육복을 아래위로 입고, 말꼬리처럼 묶었지만 반쯤은 풀려 미친년을 방불케 한다.

앳된 얼굴만 아니라면 그냥 아줌마다, 아줌마.

"열까지 안 움직이면 내일 인터넷에 '반도의 흔한 백화점 패션'이라는 이름으로 유명인이 될 거야. 하나, 둘, 셋……."

"본인이 싫다는데 왜 그러는 거예욧!"

"넷, 다섯, 여섯, 일곱……."

"가요, 간다고요!"

소파에서 겨우 엉덩이를 뗀 우니는 내가 계속 숫자를 세자 번개처럼 2층으로 간다.

"20분 줄 테니까 천천히 해!"

"헹! 한 시간은 걸릴 거야."

"내일 반도의 흔한……."

"으악! 알았어요!"

결국 우니는 적당한 옷에 반쯤 말린 머리를 하고 19분 만에 내려왔다.

"이러면 감기 걸려요, 아가씨."

수건과 빗을 가지고 와 물기를 닦고 머리를 빗겨준 다음 목적지로 출발했다.

"차는 왜 가져왔어요? 차 무지 막히네."

목적지인 백화점은 인산인해였다. 차가 꽉 막혀 주차장까지 진입이 불가능할 정도였다. 아마 주차를 하는데 1시간은 걸릴 것 같다.

똑똑!

차창을 두드리는 소리에 창문을 열었다.

"발렛주차 해 드리겠습니다."

잊고 있었다.

이 차는 바로 서미혜의 전용차로 백화점 VVIP 마크가 앞

창문에 붙여져 있었다.

"고맙습니다."

팁을 받고 생활한 적이 있는 난 적당한 팁을 건네고 어떠냐는 듯 우니에게 씨익 웃어 보였다.

"인상 쓰는 거야, 웃는 거야?"

"……."

내 얼굴에도 크리스마스 축복이 내리길 바라며 안으로 들어갔다.

북적이는 사람들 때문에 우니의 손을 잡고 이미 생각해둔 6층으로 갔다. 6층은 명품 의류매장으로 다른 층보다는 한가했다.

이름값 하는 명품 매장들 중에서 젊은 여성들이 선호하는 브랜드로 들어갔다.

"어서 오세요."

"올해 대학 들어가는데 이 애한테 맞는 세미정장 좀 추천해 주세요."

"알겠습니다."

"오빠……."

종업원을 따라 가면서 부담스럽다는 표정을 짓는 우니를 무시하고 매장에 준비되어 있는 의자에 앉았다.

내가 아무리 눈치 보지 말고 행동하라고, 우리는 가족이라고 말해도 우니는 내 눈치를 봤다.

물론, 내가 우니 같은 상황이라도 마찬가지였을 것이다.

하지만, 천천히라도 좋으니 변화했으면 하는 바람은 있었다.

"이건 어떠세요?"

익숙하지 않은 옷을 입은 탓에 쭈뼛거리는 우니 대신 종업원이 묻는다.

우니는 무난해 보이는 어두운 계열의 바지를 입고 있었다.

"남의 옷을 입은 것 같네요. 색상도 어둡고요. 학생 말은 신경 쓰지 말고 주관적으로 골라주세요."

"네, 알겠습니다."

나라고 옷 입는 센스가 있는 건 아니었다.

다만, 서미혜라는 롤 모델이 옆에 있었기에 아무래도 보는 눈은 있는 편이었다.

이번엔 옷을 입고 나온 우니는 확실히 달랐다.

체크무늬가 들어간 상의와 무릎 살짝 위까지 오는 치마는 얼핏 보기엔 원피스처럼 보였지만 단정하면서도 학생다운 발랄함도 느껴졌다.

"괜찮네요. 그 옷에 맞는 블라우스와 구두도 추천해 주세요."

다시 우시장에 끌려온 소처럼 종업원을 따라가는 우니.

굽이 있는 구두와 블라우스까지 맞춰 입고 나온 그녀의 모습은 무척이나 흡족했다.

"허리 부분을 조금 강조했으면 좋겠는데요."

"이렇게요?"

종업원은 우니의 뒤로 가서 옷을 살짝 당기며 묻는다.

"네. 그 정도면 좋을 것 같네요. 지금 입고 있는 것으로 하죠."

"다리의 기장과 상의를 손보려면 두 시간 정도 필요합니다."

"쇼핑하고 있을 테니 천천히 해주세요. 참, 정장 없이 입을 수 있는 블라우스도 몇 벌 더 부탁드려요."

시간을 내서 한 벌, 한 벌 고르면 좋겠지만 그건 나중에 우니가 해야 할 일이다.

"오빠!"

다시금 마법이 풀린 신데렐라가 되어 나타난 우니는 복잡한 표정으로 날 부른다.

"비싸다고 말하고 싶은 거라면 나한테 말하지 마."

"무슨 말이에요?"

"내가 선물하는 게 아니거든. 나라면 아울렛이나 적당한 매장에서 선물 했겠지."

"누구예요?"

"아무 말 않고 얌전히 쇼핑 끝내면 말해주지."

더 묻고 싶은 게 있는 모양이지만 내 생각이 확고하다고 느꼈는지 입을 다문다.

말 그대로였다. 이건 내가 선물하는 게 아니었다.

이 선물은 고 선생님이 딸인 고우니에게 하는 선물이었다.

고 선생님은 항상 딸이 커가는 모습을 상상하시곤 나에게 애기해주셨다.

'우니가 대학생이 되면 백화점에 데려갈 거야. 일단 정장을 맞춰줘야지. 날 닮아 하체가 길어 치마가 잘 어울릴 거야. 거기에 맞는 구두와 봄에 어울리는 블라우스도 몇 벌 골라야지. 또한, 신발도 2~3개는 필요하겠지? 맞다! 숙녀의 필수품인 가방도 예쁜 걸로 하나 해줄 거야. 그리고……'

바다에 앉아 인형놀이 하듯 상상 속 우니에게 이것저것을 입히시던 모습이 나에겐 또렷이 남아 있었다.

그래서 비록 사후세계를 믿지는 않지만 고 선생님이 그리던 그 상상을 현실로 만들어 보여 드리고 싶었다.

명품관뿐만 아니라 일반 매장까지 돌며 쇼핑은 계속 되었다.

시간이 갈수록 내 손에는 수많은 쇼핑백이 들려 있었지만 정작 인상을 찌푸리는 건 우니였다. 그리고 가방을 사러 갔을 때 얌전히 따르던 그녀는 폭발했다.

"싫어요! 이건 학생이 들고 다니기엔 너무 비싸요."

"알아. 그래도 하나쯤은 있어도 돼."

"내가 지원한 건 의대예요. 이런 고급 백을 들고 다닐 이유가 없단 말이에요."

"얘가 세상 물정 모르는 소리하네. 의대생이 무슨 공부하고 시체 해부만 하냐?"

"…어쨌든 난 이건 마음에 안 들어요."

내가 생각하기에도 꽤 비싼 가방이었다. 하지만 마음에 들어 하는 눈치이기에 사주려고 했다.

한데, 우니의 고집은 만만치 않았다.

"알았어. 굳이 이 매장이 아니어도 괜찮으니까. 내가 마음에 드는 거 알아서 골라봐."

하지만 곧 내가 한 말을 후회해야 했다.

여자의 쇼핑 본능이 살아났는지 우니는 백화점 전체를 다시 활보하기 시작했다.

그리고 지구 한 바퀴쯤 돌았다고 생각되었을 때, 아까 가방과 유사한 디자인의 가방을 고를 수 있었다.

"어때요? 괜찮죠?"

"그, 그래……."

"가격도 무려 100배나 차이가 나는데 난 오히려 이게 마음에 들어요."

가방을 거울에 비춰보는 우니는 내가 권해주는 물건을 샀을 때보다 훨씬 기뻐하고 있었다.

"미안."

갑자기 그녀에게 미안해졌다.

미련하게도 애정을 대신해 돈으로만 해결하려는 내 모습을 보게 된 것이다.

고 선생님이 말하던 바를 해주려고만 했지 정작 그가 어떤 마음으로 우니와 함께하려 했는지에 대해선 생각을 못했다.

"괜찮아요."

오늘 처음으로 우니가 웃는다.

내 마음을 읽은 사람처럼 부드러운 표정을 지은 채.

"반품할까?"

난 손에 들고 있던 물건을 들며 물었다.

"아뇨. 선물이잖아요. 기쁘게 받을게요."

어쩌면 오늘 내가 우니를 배려한 것이 아니라 우니가 날 배려하고 있는 것이 아닐까 하는 생각이 들었다.

왠지 나보다 우니가 훨씬 어른스럽다.

"싸게 샀으니까 지갑 하나쯤 골라도 선물해 주시는 분이 뭐라 하진 않겠죠?"

"응!"

답을 하고 금방 다시 후회했다. 또다시 지구 한 바퀴를 돌아야 했다.

쇼핑이 끝나고 늦은 점심을 먹었다.

"오늘 고마워요."

"고마워할 사람은 내가 아냐. 이제 쇼핑도 끝났으니 누군지 말해줘야겠네."

"말 안 해도 알아요. 그분이 누군지."

눈치 하나는 지독히 빠르다.

우리 사이엔 짧은 침묵이 흘렀다. 각자 '그'에 대해 생각하고 있는지 몰랐다.

"사실… 언제쯤 얘기해 줄까 기다렸어요."

"고 선생님에 대해서?"

"네. 내가 모르는 7년에 대해 오빠는 아시잖아요. 궁금했어요. 어떻게 실종되어 돌아가셨을 거라는 아빠가 광산에 있었는지, 그곳에서 어떻게 지내셨는지……."

우니에겐 알 권리가 있었다. 하지만 지금은 아니다. 아니, 영원히 말을 하지 않을 가능성이 더 높았다.

특히, 그녀의 죽은 엄마와 연관된 일이니 알아서 좋은 일은 아니었다.

"모르는 게 더 좋을 때가 있어."

"…혹시 엄만… 가요?"

"무슨 생각을 하는지 모르지만 아냐."

"엄만 아빠의 실종을 슬퍼하지 않았어요. 오히려 전보다 더 집에 안 들어왔죠. 그리고 아빠 이름으로 된 재산이 엄마 이름으로 바뀌었을 때 집을 나갔죠. 사실 그때는 몰랐어요. 하지만 오빠를 보고 나서야 알았어요."

씁쓸한 표정으로 말하는 우니는 금방이라도 눈물을 떨어

뜨릴 것 같았다.

"난 어떤 얘기를 들을 수 있을 만큼 강해요. 그러니 말해주세요."

"아니, 넌 강하지 않아. 그리고 쓸데없는 상상하지 마. 때가 되면 다 알려줄게."

"…쳇! 안 속네."

상상하지 말라고, 생각을 멈추라고 얘기한다 해도 그렇게 되지 않는다는 걸 안다. 내가 말하는 말과 행동을 보고 추측해 새로운 상상력을 발휘할 것이다.

혀를 내밀며 귀여운 척을 하는 우니는 눈물 몇 방울을 흘리곤 금세 마음을 추스른다.

"오빠!"

그리고는 화제를 전환하려는지 방긋 웃으며 말한다.

"응?"

"나 대학 때 기숙사에서 생활하려고요."

내가 원하던 바였고, 우니 역시도 은근히 학교 기숙사 팜플릿을 테이블에 올려놓기도 했다. 한데, 지금 그녀를 보니 아직 준비가 되지 않았다.

살짝 떨리는 말투는 잡아달라는 메시지가 포함되어 있었다.

"오빠 말처럼 홀로서기 연습이 필요할 것 같아요. 룸메이트와 지내면 잠도 잘 잘 수 있을 것 같고… 등, 하교를 하는 것보다 더 수업에 충실할 수 있을 것 같아요. 그리고 사실 경호원을 데리고 학교 다닐 자신이 없어요."

"그냥 집에서 다녀."

"아니에요. 저도 곧 성년인데……."

"내가 연습이 안 됐어."

"네?"

"내가 혼자 지낼 자신이 없어. 너마저 없다면 날 잡아줄 사람이 없을 것 같아. 조만간 TV에 나올지도 모르지. 그리고 경호원이 불편하다면 그만 계약을 끝내자. 그러니 지금처럼 같이 지내자."

이 말이 정답일 것이다.

우니가 없었다면 난 이미 복수에 미쳐 날뛰고 있을지 모른다.

그녀가 자야 할 시간에 가급적 집에 들어가려 했고, 그녀의 챙기는 시간 동안은 복수에 대해 잠시 잊을 수 있었다.

우니가 날 필요로 하듯 어느새 나도 우니가 필요하게 된 것이다.

"하, 하지만 오빠가 불편할 텐데요?"

"전혀. 친구를 데려와도 좋고, 집에서 파티를 해도 좋아. 그러니 내가 준비될 동안만이라도 있어줘."

내 행동을 예상 못했는지 잠시 어안이 벙벙한 표정을 짓던 우니가 고개를 끄덕인다.

씨익!

난 만족스럽다는 듯 웃었다.

"이제 겨우 웃는다는 느낌이네요."

"응!"

컵에 비친 내 얼굴은 약간 어색하지만 정확히 웃는 얼굴이었다.

*   *   *

우니에게 오늘 못 들어온다고 이실직고한 후에 집을 나섰다. 다시 백화점에 들러 지구를 두 바퀴 돌며 봐뒀던 가방을 하나 사 예쁘게 포장도 했다.

택시를 타고 서미혜의 동네 근처에서 내린 후, 조심스럽게 그녀의 집으로 향했다.

'크리스마스이브인데도 쉬지 않는군.'

감시자들은 여전히 많았다.

빙 둘러 뒷집으로 들어가 다시 그녀의 집 뒤로 들어갔다.

그리고 들키지 않게 가방을 입에 물고 2층으로 기어 올라갔다.

미리 말해뒀던 서재의 창문은 열려 있었다. 조심히 들어가 창문을 닫고 서재를 나서자 서미혜가 기다리고 있었다.

"도둑질을 해도 성공했겠어."

"매번 그런 소리하면 제 마음이 아프답니다."

신세호의 어머니가 서미혜를 만나고 난 후부터 난 내 실력의 일부를 밝히고 대범하게 드나들고 있었다.

"매번 볼 때마다 놀라서 그런 거지. 오늘도 문 열릴 때까지 네가 온 줄도 몰랐어."

"도둑이 그리 좋으면 오늘은 그렇게 해볼까요?"

"꺄악!"

난 번개처럼 다가가 그녀를 껴안고 바닥에 눕혔다.

"으흥~ 이것도 나쁘지 않네."

"쳇! 반응이 재미없어요. 메리 크리스마스! 쪽!"

난 예쁘게 화장하고 있는 그녀의 입술에 뽀뽀를 하고 일어나려 했다. 하지만 감아오는 두 손 때문에 다시 덮친 자세로 돌아가야 했다.

"크리스마스 인사치고는 너무 성의가 없어. 메리 크리스마스, 무찬⋯⋯."

길고 달콤한 선물이 입으로 전해진다.

"와! 이걸 직접 했어요?"

식탁에는 뭔가 엉성하지만 정성껏 준비한 저녁이 마련되어 있었다.

"애인을 위한 첫 도전이지."

그날 이후로 서미혜도 바뀌었다.

단 한 번도 날 남자 친구, 애인이라는 표현은 사용하지 않았었는데 요즘은 심심찮게 사용한다.

"왜 하필 절 희생양으로……. 흑!"

"맞아 죽을래, 아님 먹고 죽을래?"

"…먹고 장렬하게 전사하겠습니다."

딱히 맛있지도 맛없지도 않았다.

하지만 섬에서 생활하며 음식이라곤 딱딱한 빵이나 전투식량이 다였기에 맛있게 먹을 수 있었다.

"맛있어?"

"네. 최고입니다."

음식의 맛은 손맛이라고 섬섬옥수 고운 손으로 처음 만든 음식을 탓할 수 없었다.

거짓말이 폭주하는 크리스마스이브이니 내 거짓말은 하늘에 닿지도 못할 것이다.

"종종 해줄게."

"…네."

마냥 기뻐할 수 없는 말이었다.

와인을 따르고 한 잔 마시며 난 준비했던 선물을 꺼냈다.

"마음에 들었으면 좋겠어요."

"뭘 이런 걸 다."

부스럭 부스럭!

말과 다르게 이미 포장지를 뜯는 서미혜다.

남녀노소 부자든 가난한 사람이든 선물 앞에서 반응은 비슷했다.

"와! 이거 꼭 가지고 싶었던 거야. 고마워, 꽤 비쌌을 텐데……."

"좋다니 그걸로 만족해요. 혹시 마음에 들지 않으면…"

"아니, 정말 마음에 들어!'

우니가 가방을 골랐을 때처럼 진심으로 기뻐한다.

"자! 이건 내 선물."

그녀가 준 것은 육각 퍼즐보다 조금 더 큰 상자였다.

"뭘 이런 걸 다~"

나 역시 그녀처럼 말하고 재빨리 포장지를 뜯었다.

시계였다. 그것도 엄청 비싼.

"이거 결혼식 예물 같네요."

우니와 쇼핑을 할 때 시계도 봤었다.

부자들의 재산상속이나 재테크 수단을 위한 방법으로 쓰인다는 시계의 가격은 상상을 초월했다.

내가 지금 선물로 받은, 한 쌍으로 이루어진 이 시계는 예약 완료된 제품이었는데 그 예약자가 내 앞에 있었다.

"너한테 어울릴 것 같아 샀어. 바꾸지 말고 그냥 사용했으면 좋겠다."

"아주 맘에 들어요. 망해서 집에 있는 TV를 판다고 해도 이건 꼭 가지고 있을게요."

"호호! 그런 일 있으면 연락해. 내가 아주 비싸게 사줄게."

간단히 선물을 주고받은 후, 일상적인(?) 경제 얘기를 하는 서미혜의 말을 들으며 와인을 마신다.

"…불경기는 이제 시작일 뿐이야. 전임 대통령이 만들어 놓은 빚을 현 대통령이 감당할 수가 없어. 결국 폭탄 돌리기는 계속 될 거야. 또한 복지 포퓰리즘(대중인기영합주의)으로 인해 그 폭탄은 더욱 강력해지겠지. 가까운 인도네시아도 포퓰리즘으로 인해 경제 위기를 자초했다는 평가를 받고 있어."

"기업 입장에선 결국 현금을 가지고 있어야겠군요. 투자도 좋지만 지금으로서는 안정이 우선이란 말이군요."

"모두가 그런 건 아냐. '위기가 기회다' 라는 기업들도 있어. 특히 젊은 CEO들로 바뀌면서 그들은 실적을 주주들에게 보여줘야 하니 무리할 수밖에 없지."

"하지만 그것도 모기업의 지원 속에 이뤄지니 무리라고는 할 수 없죠. 앞으로 상류사회로 가는 길은 더욱 막막해지겠군요. 쩝."

최미혜와 대화를 위해 경제 신문, 주간지, 월간지 닥치는 대로 읽고 외웠지만 여전히 대화할 때 약간 편하다는 것뿐이었다.

어린 시절부터 전 세계적인 경제 흐름을 보고 교육받은 시각을 따라잡을 수가 없다.

"간단한 방법도 있어."

"엥? 그런 방법이 있어요?"

"나 같은 여자를 잡는 거지. 호호호!"

"공부보다는 지금부터 열심히 여자 꼬시는 법을 배우는 게 좋겠군요."

살짝 뼈가 있는 말이었지만 가볍게 넘어갔다.

"그건 내가 가르쳐주지."

"오~ 이거 은근히 기대되는데요."

우리는 침실로 자리를 옮겼다.

그리고 천천히 뜨겁게 하나가 되어갔다.

"더 이상 가르칠 게 없는데… 아욱! 아파!"

"책상에만 앉아 있지 말고 운동 좀 해요!"

열기의 폭풍이 지난 후 난 엎드린 그녀를 안마를 하고 있다. 스트레스 때문인지 머리와 어깨를 누르자 아프다고 난리다.

"한데, 너 안마 실력 정말 좋아. 한 번 받으면 일주일은 거뜬하거든. 나중에 할 일 없으면 안마시술소나 해봐. 손님은 내가 책임질게."

"이게 보통 안마인지 압니까? 제 기를 이용해 몸의 균형을 맞추는 게 얼마나 힘든데요."

"그래? 하여간 재주도 많아. 하루에 몇 명이나 가능할까?"

"몇 명이 중요한 게 아니에요."

"왜?"

"제 기가 몸을 돌기 시작하면 곤란한 일이 생기잖아요."

안마를 통해 들어간 기는 무섭게 몸을 돌면서 노폐물을 태우고 그 태워진 노폐물로 땀으로 배출한다. 그뿐이 아니라 빠른 혈액은 심장을 두근거리게 하고 몸을 뜨겁게 만들기도 한다.

"킥킥킥! 안마사보다는 호스트가 적합한가?"

"헐, 말을 그렇게 한단 말이죠?"

"피! 어쩌겠다고?"

"훗! 천국과 지옥을 동시에 보여드리죠."

기억에서 지워진 여자에 대해서 꽤 많은 고민을 했었다. 역시나 기억해 내는 건 실패였지만 그녀와 연관된 한 가지가 기억이 났다.

음양교합법.

말처럼 남녀가 서로의 기를 이용해 사랑을 나누는 방법인데, 극에 이르는 환희를 느끼게 만들고 서로의 내공수련에도 꽤 많은 도움이 되는 수법이었다.

하지만 부정적으로 본다면 상대방의 내공과 원기를 빨아들여 사망에 이르게 하는 무서운 수법이기도 했다.

물론, 내가 서미혜에게 행할 수법은 사망에 이르게 만드는 것은 아니다.

대신 내 내공의 일부만큼 원기를 격발시켜야 하므로 교합 후, 이틀 정도는 꼼짝없이 침대에 누워 있어야 한다는 것이다.

긍정적인 면이라면 수십 일을 연속해서 안마를 받은 것처럼 몸이 좋아지고 약간의 기가 온몸에 퍼져 잔병은 없어지고 무척이나 건강해진다는 것이다.

"말만 번지르르하진 않겠지?"

난 기대한다는 표정의 서미혜를 보고 그녀의 단전 주위 몇 개의 혈과 다리의 용천혈, 머리의 백회혈을 눌러 원기를 격발시켰다.

"아흑~! 뜨, 뜨거워!"

잠시 후, 마치 무협지의 춘약을 복용한 사람처럼 열기가 가득해진 서미혜를 차갑게 바라본다.

내공의 차이가 날 때는 강한 쪽이 절대로 이성을 가지고 있어야 했다.

난 단전의 내공을 끌어올려 온몸에 골고루 퍼뜨렸다.

그리고 양기를 그녀의 오른손으로 보내고 음기를 왼손으로 받는다.

뜨거웠던 서미혜의 몸이 차츰 정상을 찾아간다.

하지만 그녀가 낼 수 있는 음기의 반이 나에게 들어왔다가 다시 오른손을 통해 들어가고 빠져나오기를 반복하자 아까보다 더욱 뜨겁게 타오른다.

교합.

맞잡은 양손과 중심은 역삼각형을 이루고 음과 양은 더욱 빠르게 돌면서 하나가 되어간다.

시간이 지날수록 서미혜의 교성은 방을 가득 채우고 넘쳐 온 동네에 퍼져 나갈 정도로 커졌다.

　그리고 어느 순간 빅뱅이 일어났다.

　빅뱅이 끝이 아니었다.

　음과 양이 하나 된 기운을 원래의 양만큼 나눈 후에야 비로소 끝이 났다.

　"…짐승."

　땀범벅이 된 그녀는 겨우 정신을 차리고 한마디 한 후, 잠이 들었다.

　난 침대에서 일어나 침대 옆 바닥에 가부좌를 하고 스스로를 관조한다.

　'내공이 늘었다!'

　음과 양이 섞여 하나가 된 내공은 단전으로 들어가 기존에 있던 내공까지 자극해 범위를 확장한다.

　'한데 뭔가를 잊은 것 같은데…….'

　내공이 늘어 기쁜 일이었지만 약간의 찝찝함이 남는다.

　"뭐, 별일이야 있겠어?"

　이제 인천으로 갈 시간이었기에 난 미련 없이 찝찝함을 지우고 일어났다.

　몸이 가뿐하니 좋은 일이 일어날 것 같은 예감이다.

5장

악몽의 크리스마스

 택시를 3번이나 갈아타며 인천항에 도착한 시간은 12시가 조금 지난 시간이었다.

 오늘 새벽이라고 말했지만 정확하게 몇 시에 거래가 있는지는 알 수가 없었기에 바로 중한통상으로 향했다.

 인천 국제 여객터미널에서 5블록 떨어진 곳에 위치한 중한통상은 겉으로는 크리스마스라 문 닫은 건물처럼 보였지만 꽤나 삼엄한 경계 태세가 펼쳐져 있었다.

 "으~ 추워!"

 옷깃을 여미며 중국어를 내뱉은 후, 중한통상 앞을 지나치며 곁눈질로 안을 살폈다.

큰 컨테이너 트럭과 1톤 트럭 두 대가 건물 앞마당에 주차되어 있었고, 각 트럭 안에 두 사람씩 들어가 있었다.

그리고 건물 옥상에서 입김이 뿜어지는 걸 보니 한 명이 감시를 하고 있음을 알 수 있었다.

또한, 닫힌 건물 입구에도 네 명이 어슬렁거리는 것이 보였다.

'입구에 8명, 옥상에 최소 1명. 생각보다 쉽지 않겠는 걸.'

그뿐이 아니었다. 지나치다 보니 중한통상이 아닌 다른 건물에도 1명씩 배치되어 있는지 미약하게 발 구르는 소리가 들린다.

결국 블록 전체를 지나쳐 왼쪽으로 꺾으며 잠시 숨을 돌렸다.

천상 옥상에서 옥상으로 옮겨 다녀야 할 모양이다.

일단 담을 잡고 담벼락에 선 후 옥상으로 몸을 날려 난간을 잡았다. 그리고 철봉을 하듯이 팔을 끌어당기며 위를 살폈다.

아무도 없었다. 주변 건물에만 경비병을 배치했음이 분명했다.

올라가 건물 난간에 몸을 숨긴 채 윗옷을 벗었다. 안에는 검은색 야행복을 입고 있어 다소 민망한 복장이었지만 개의치 않았다.

'꽤 춥군.'

바다가 가까워서인지 서울보다 더 추웠다.

내공을 끌어올려 몸을 보호하면서 주변을 살폈다. 다음 건물까지는 우측 담벼락을 이용하면 어렵지 않게 갈 수 있었다.

'그나저나 이거, 흔적이 너무 많은데.'

옥상에 있는 눈이 녹지 않아 밟은 자리마다 발자국이 선명이 찍혀 있었다.

발자국만으로도 많은 것을 알 수 있었다. 대략적인 몸무게와 신장은 물론이고 특이한 신발이라면 찍힌 마크만으로도 어디에서 누가 샀는지도 조사가 가능했다.

지금은 다행히도 동대문에서 구입한 흔한 중국제 신발이었고, 신장과 몸무게를 속일 방법은 얼마든지 있었기에 무시하고 넘어가기로 했다.

담벼락을 밟고 옥상으로, 옥상에서 다음 건물로, 몇 번 움직이자 드디어 경비원이 숨 쉬는 소리가 들려온다.

"징그럽게도 춥군."

나지막한 소리의 중국어가 들린다. 난 사각지대의 옥상 난간을 붙잡고 10분 넘게 경비원의 말투와 행동을 지켜봤다.

치이익!

―…없나?

"장백산, 이상 없음."

놈의 무선 내용을 듣고 비로소 움직였다.

난간에 최대한 몸을 숨긴 채 추위에 떨고 있는 녀석에게 다가가 뒷덜미를 쳤다.

그리고 재빨리 겉옷과 무전기를 뺏고는 놈을 흉내 내기 시작했다.

망원경도 가지고 있었기에 금세 주변에 있는 경비 인력의 수를 알 수 있었다.

중한통상 건물 위 2명, 좌측 도로 맞은편에 1명, 우측 대각선 건물에 1명, 중한통상 건너편 옥상에 1명.

건물에 진입하려면 총 7명의 눈을 속이거나 죽여야 한다는 소리였다.

문제는 쓰러져 있는 놈이 장백산처럼 저들 각각이 다른 이름을 가지고 있다는 것이다. 분명 거래 전에 확인을 할 터이니 죽일 수는 없다.

난 옆에서 점점 기온이 떨어져가는 놈을 깨우고 최면을 걸었다.

"이름은?"

"목용아."

"중화회 어디 소속인가?"

"중화회 인천지부 일반 회원입니다."

"오늘 맡은 일은 무엇이지?"

"아침까지 이곳에서 수상한 사람을 감시하는 일입니다."

"혹시 각 건물에서 당신과 동일한 일을 맡게 된 이들이 누구지?"

"모릅니다. 조장님의 명령을 받고 이곳에 온 후 처음 본 사람들입니다."

꽤 많은 질문을 했지만 역시나 아는 것이 없었다. 그리고 중한통상 건물 위에 있는 두 명 중 한 명이 조장이었다.

난 목용아의 사혈을 짚어 춥지 않도록 고이 보낸 후, 망원경으로 7명을 살피며 어떻게 할지 고민을 했다.

치이익!

─이상 없나?

"장백산, 이상 없음."

─화산, 이상 없음.

─숭산, 이상 없음.

─무당산, 이상 없음.

아까는 분명 개별 통신이었다. 한데 이번엔 전체 통신인 걸 보니 뭔가가 일어나는 모양이다.

준비도 되지 않은 상태였기에 잠시 긴장을 하며 통신에 귀를 기울인다.

─차가 움직인다. 별일 아니니 모두 제자리를 고수하라.

그 목소리 끝으로 '끄렁' 하는 소리와 함께 컨테이너 트럭의 시동이 걸린다.

'저 차엔 뭐가 들어 있는 거지?

궁금했지만 지금은 저차가 문제가 아니었다. 차량 번호를 기억하고 보내는 수박에 없었다.

컨테이너 트럭이 나간 후엔 주변 건물은 다시 침묵에 빠져

들었다.

이후론 한 시간이 지났지만 아무런 변화가 없었다.

그동안 난 7명을 어떻게 할지 고민하다 모두가 주변을 감시하면서도 경비들끼리도 감시하고 있다는 사실을 깨달았다.

망원경을 한 손으로 쥐고 다른 한손은 일정한 패턴으로 빙빙 돌리며 최면을 시도했다.

'좋아! 한 놈 걸리고.'

날 보기 위해 망원경을 보는 녀석은 영락없이 최면 상태에 빠졌다. 무전이 오기 전에 재빨리 암시를 걸어야 했다.

'난 계속 이 자리에 있어. 그리고 움직이는 난 그저 그림자일 뿐이야. 난 계속⋯⋯.'

몇 번 반복을 하며 암시를 걸었고 암시의 효과는 금세 나타났다. 내가 난간에서 안 보이도록 엎드렸지만 아무런 무전도 오지 않았다.

또한 일어나서 왔다 갔다 해도 마찬가지였다.

두 번의 무선연락이 더 왔지만 아무 이상 없이 넘어갔다. 그리고 새벽 4시가 넘었을 때 거래가 이루어질 것인지 멀리서 차 몇 대가 중한통상 쪽으로 오고 있었다.

전체 무선 연락이 왔지만 무사통과. 그동안 난 중한통상 옥상으로 넘어왔다.

건물 내부로 가는 옥상 문은 열려 있었다.

인기척을 감지하며 조심스럽게 안으로 들어갔다.

'삼엄하군.'

건물 내부는 창고형태로 3층은 사무실로 되어 있었는데 아무도 없었고, 1, 2층은 창고 형태로 되어 있었다.

2층은 난간이 있어 1층을 훤히 볼 수 있는 구조였는데 그 난간에 총으로 무장한 인원들이 십여 명 있었다.

난 2층에서 3층으로 올라가는 계단 위에서 1층을 보고 있었다.

문이 열리고 일단의 무리가 들어왔다.

"하하하, 오랜만입니다. 장 사부님."

"나 사장. 어서 오시오."

'장 사부!'

장노계의 사형으로 중화회의 한국지부의 무술을 가르치는 이었다.

그 역시 중화회의 장로로 장노계에게 듣기론 꽤나 무서운 실력자라고 했었다.

제대로 튈 수 있을지가 걱정이다.

정 안되면 한바탕 날 뛸 생각으로 다시 그들의 대화에 집중했다.

"안타까운 일이 있었다는 얘기는 들었습니다."

"별말씀을요. 그놈이 수련을 게을리한 대가지요."

말은 장노계를 탓하는 듯했지만 얼굴에는 누군가를 향한

강력한 살기가 어려 있었다.

"추운 길 오셨으니 차라도 한 잔 하시지요."

"주신다면 먹겠습니다. 하하하!"

두 사람이 차를 마시는 동안 그들 주변에 있는 이들을 살폈다.

나 사장이라는 이가 데려온 사람 중 눈을 이리저리 굴리는 놈이 007 가방 한 개를 들고 있었는데 들고 있는 폼으로 보아 돈이 분명했다.

금은 장 사부, 장무계의 뒤쪽에 놓인 가방에 있음이 틀림없었다.

"장사는 잘 되시오?"

"다 장 사부님 덕분에 먹고 사는 거 아니겠습니까?"

"겸손이 지나치시군요. 이번에 세력 확장을 염두에 두고 있다는 얘기는 들었소이다."

"세력 확장은요. 그저 좋은 기회가 왔기에 한 번 해볼까 하는 거지요. 근데, 지난번 받은 무기는 많은데 연습한다고 총알을 많이 낭비했습니다. 이번에 좀 넉넉히 챙겨주십시오."

"그러도록 하죠."

"하하! 감사합니다."

"강남을 가지게 되면 우리도 신경 좀 써주시오."

"여부가 있겠습니까."

강남을 노린다고? 가만, 나 사장이라고 했지?

성남과 수원의 일부를 차지하고 있는 나중일, 그가 저자란 말인가?

이거 잘못하면 불똥이 나에게 튈 가능성도 있었다.

"자, 이제 거래를 시작합시다."

"그러시죠. 크리스마스라고 칭얼대는 마누라가 있어서."

"허허! 여전히 왕성하시군요."

"다 장 사부님이 구해준 약 때문 아니겠습니까."

"약도 넉넉히 챙겨드리리다."

말이 끝나고 가방 두 개가 테이블 위로 올라왔다.

"확인하십시오."

"확인하시오."

그들이 거래를 시작할 때 난 허리춤에 꽁꽁 묶어둔 것들을 풀기 시작했다.

이강철에게 난 대포차 한 대와 연막탄 몇 개를 부탁했다. 대포차는 이곳과 꽤 떨어진 서양 제철 화학 공사지에 있었다.

그리고 예전 동대문에서 챙겼던 중국제 토카레프 하나와 탄창 몇 개를 챙겨왔다.

"맞습니다. 좋은 거래였습니다."

"좋은 거래였소. 총알과 약 좀 챙겨드려라."

거래가 끝난 지금이 기회였다.

치익! 치익! 치익! 치익!

내가 있던 곳에 하나, 2층에 하나, 1층으로 두 개의 연막탄을 던졌다.

푸슉! 푸슉! 푸슉!……!

그와 동시에 2층의 총을 든 놈들에게 있는 위치에 탄창이 빌 때까지 총을 쐈다.

"쳇!"

역시나 사격 실력은 허접하다.

따끔거리는 느낌에 그대로 몸을 날려 1층으로 뛰어내렸다.

다다다다다다다탕탕탕!

흡사 콩 볶는 소리 같은 총소리가 연막으로 가득 찬 중한통상 안을 더욱 혼란스럽게 만든다.

푸슉! 푸슉! 푸슉!……!

2층에서 들리는 총소리를 향해 다시 총을 쐈다.

"놈!"

말보다 빠른 발차기가 연막을 가르며 날아왔고, 몸을 젖히며 피했다.

'장무계.'

피했음에도 묵직한 공기의 힘이 느껴지는 걸 보니 그가 틀림없었다.

장무계는 쉬지 않고 나에게 공격을 가한다.

바람 소리와 기의 흐름으로 장무계의 공격은 충분히 피할 수 있었기에 굳이 맞서지 않고 돈과 금괴가 든 가방을 찾기 위해 움직였다.

"이익! 누, 누구냐?"

연막 속에서 나에게 잡힌 인물이 마구잡이로 나를 때리려 했다. 목소리를 들으니 나중일이 틀림없었다.

"가방은?"

까득!

"커어억!"

대답을 들을 수 없었다.

장무계의 장이 나중일의 배를 때렸고 그는 순식간에 피를 토하며 쓰러진다.

"이 늙은이가!"

장무계가 펼치는 권법은 팔패장으로 대표적인 내가중수법의 무술이다.

한 방에 뼈가 부서지고 내장이 터져 버리는 무시무시한 수법.

이 늙은이를 처지하고 움직이기로 마음을 먹었다.

나 역시 손으로 내공을 모아 본격적인 대결에 들어갔다.

타닥! 타닥! 타닥! 타닥!

순식간에 수십 합이 이어진다.

"크아압!"

슈우우웅~

내 앞에 있는 연막이 미친 듯이 요동치며 나무 테이블이 내 좌측으로 날아온다.

쾅!

오른손으로 테이블을 때리자, 내 힘을 이기지 못한 테이블은 산산조각 나며 비산한다. 그 틈을 비집고 오른쪽으로 들어온 장무계는 내 배를 향해 두 팔을 쭉 뻗는다.

아무리 나라고 해도 내가중수법을 정확히 맞으면 무사하지 못한다.

비산하는 나무조각 하나를 잡았다.

그리고 다가오는 장무계의 팔의 요혈의 위치를 짐작하고 꽉꽉 찍었다.

"크윽!"

장무계의 비명이 터져 나왔다.

물러나려는 놈의 숨통을 끊을 차례다. 목을 노리고 다가가려는 순간, 무언가 날 향해 날아온다.

날카로움은 없었지만 내공이 담긴 물건을 경시할 순 없었다.

내부의 인기척을 모두 감지하고 있었기에 가능한 회피 동작이었다.

위층에 있는 놈들은 아래로 총을 쏠 수가 없어 우왕좌왕하고 있었고, 1층에 있던 장무계의 수하들은 벽 쪽으로, 나중일의 수하들은 문 쪽으로 피해 있었다.

장무계의 수하 중 한 명이 그의 위험을 감지하며 들고 있던 총을 던진 것이다.

그걸 막느라 살짝 비틀어진 중심 때문에 장무계의 목이 아닌 어깨를 찔렀다. 그와 동시에 몸을 옆으로 굴러 왼손에 들고 있던 총을 쐈다.

푸슉! 푸슉! 푸슉!

"으악!"

"컥!"

두 명이 쓰러지자, 동시에 내가 있던 곳으로 총알 비가 쏟아진다. 난 놈들이 모여 있는 곳으로 들어갔다.

"쏘, 쏘지 마! 놈이 우리 쪽으로 들어왔어!"

말하는 놈은 죽이지 않았고 옆에 있는 녀석의 목을 꺾었다.

뼈가 부러지는 느낌이 손으로 전해졌지만 죄책감은 없었다. 다음 목표로 움직이려는데 뭔가가 툭 하고 떨어지는 소리가 들린다.

'가방!'

챙겼지만 무게를 보니 금은 아니었다. 그리고 그 짧은 순간에 상황은 다시 바뀌었다.

밖에서 감시하던 이들이 내가 들어왔던 3층 입구와 건물의 입구를 열면서 연막이 서서히 빠져나가기 시작했고 나중일의 수하들이 밖으로 뿔뿔이 흩어진다.

또한 다쳤던 장무계가 다시 달려들었다.

꽝!! 우직!

장무계의 발차기를 들고 있던 007 가방으로 막았다.

왜 첩보원들이 이런 가방을 사용하는지 알 수 있었다. 찌그러지긴 했지만 부서지진 않았다.

난 발차기의 힘을 거부하지 않았다. 오히려 그 힘에 뒤로 박차는 내 힘을 더했다.

두 힘이 합쳐지자 내 몸은 부웅 하고 입구 쪽으로 날아간다.

낙법으로 안전하게 바닥을 구르자 어느새 입구에 도달한다.

밖으로 나오면서 옅어진 연막 사이로 나중일의 부하들이 차에 시동을 걸고 출발하는 모습이 보인다. 그중 나중일의 뒤에 돈 가방을 가지고 왔었던 인물이 유독 땀을 흘리며 맨 앞차를 운전하는 모습이 보였다.

그대로 달려가며 차의 뒤 창문을 향해 총을 발사했다. 뒷차의 바퀴에도 총알 세례가 이어진다.

그와 동시에 들고 있던 가방을 던지고 깨진 창으로 몸을 날렸다.

장무계의 발차기를 막으면서 차에 오르기까지는 불과 몇 초에 불과했다.

"멈추지 말고 달려!"

놈은 겨누어진 총에 놀라는 듯했지만 브레이크를 밟지는 않았다. 차는 크리스마스 새벽이라 텅 빈 도로를 빠르게 달리기 시작한다.

"누, 누구십니까?"

"금괴는 잘 챙겨왔군."

나에 대해 물었지만 답하지 않고 차를 살폈다. 보조석에는 유달리 무거워 보이는 가방이 놓여 있었다. 역시 이 녀석이 챙긴 것이다.

"그, 금괴는 드릴 테니 목숨만은 살려주십시오."

내 눈만 보고도 원하는 걸 알다니 눈치가 빠른 놈이다. 난 말투를 바꾸며 말했다.

"물론이죠. 백미러로 내 얼굴만 보지 않으면 무사할 거요."

흘낏거리던 그는 찔끔하며 더 이상 날 보려 하지 않았다.

"나중일과는 무슨 관계지?"

숨을 돌리며 물었지만 그는 눈치만 볼 뿐, 쉽게 대답을 하지 못한다.

"차를 태워주고 금괴까지 순순히 줬으니 좋은 정보 하나 가르쳐 주죠. 댁의 보스인 나중일은 장 사부라는 사람에게 죽었어요."

"에? 사, 사장님이 죽었다고요?"

"네. 그러니 잘 생각해 보면 좋은 기회죠. 2인자가 1인자가 될 수도 있지만 3인자가 1인자가 될 수도 있겠죠."

놈은 아무 말도 없었다. 나 역시 더 이상 그에게 신경 쓸 시간이 없었다.

"여기서 세워요!"

제2 경인고속도로로 진입하기 전 삼거리였다.

"뒤쫓지 마세요. 목숨을 살려준다는 약속은 지키고 싶으니까요. 내가 내리면 바로 출발하세요. 아니면 총알이 날아갈 겁니다."

"네!"

금괴가 든 가방은 꽤 무거웠다. 하지만 내공을 사용해 한손으로 번쩍 들고 차 밖으로 나갔다. 그와 동시에 나를 태워준 차는 경인고속도로 방향으로 쏜살같이 사라진다.

뒤를 보니 쫓는 이들은 없었다. 아마 총소리에 경찰이 출동해 피했을 가능성도 높을 것이다.

난 우회전을 하며 하천으로 내려가 주차가 되어 있는 서양제철 화학 공사 지역으로 빠르게 달렸다.

400~500m쯤 달려가자 왼편에 공사장이 보였다. 무단횡단으로 넘어가 이강철이 주차한 차를 찾았다.

외곽에 주차했을 것이라는 예상과 다르게 차는 공사현장 근처에 놓여 있었다.

"주차할 곳 천진데 하필 이곳에 해놓다니……."

이강철의 의도가 의심스러웠다. 그래서 주변을 살피며 기척까지 살폈다.

"너무 긴장한 건가?"

난 뒷좌석에 두 개의 가방을 던져놓고 차의 시동을 걸었다.

그렁, 그렁! 그렁, 그렁!

시동이 걸리지 않았다. 그 순간 심장 근처가 따끔거린다.

저격이다!

바로 몸을 보조석 쪽으로 눕혔다.

쫘직! 팟!

차창이 깨지며 동시에 운전석의 시트가 뚫린다. 그리고 내가 기척을 감지할 수 있는 범위 밖에 있던 십여 명의 인원들이 다가옴이 느껴진다.

그중 아주 익숙한 기운.

"하하! 실제로 그곳에서 금괴를 탈취하다니 대단해."

독사처럼 생긴 이강철은 비꼬는 말투로 날 계속 조롱한다.

"저격까지 피하는 걸 보니 그때 나에게 말하던 것이 전부 거짓말은 아니었던 모양이야. 한데 고개 좀 들게. 얘기하는 사람이 무안하지 않나. 하하하!"

이강철의 말에 고개를 들었다가 다시 숙였다.

저격수가 총을 쏜 것이다.

"예의는 지키고 싶은데 도와주질 않네. 한데, 나에게 주기로 한 5분의 1이 그렇게 아까웠나?"

"남에게 주긴 아깝지 않은가?"

"그렇긴 하네. 다 줄 테니 그냥 보내주지?"

서로 믿는 척한 것뿐 이강철과 난 남이었다. 그의 변심을 염두에 두고 있었지만 설마 이곳에서 행할 줄은 몰랐다.

부주의한 내 탓이지 이강철을 탓하기엔 난 그를 믿은 적이 없었다.

"오! 내 배신에 화가 나지도 않았나 보군."

"배신이라니? 서로 믿은 적이 있어야 배신이지."

"참으로 긍정적인 생각이군. 가방을 던지게."

"살려주는 건가?"

"뒷좌석을 보니 가방이 두 개인 것 같은데… 돈까지 챙긴 건가?"

"어쩌다 보니 그렇게 됐어."

"그것까지 나에게 넘기면 목숨만은 살려주지."

"그러지."

난 흔쾌히 수락을 했다.

금괴의 무게와 같은 현금을 가방에 넣으려면 내가 탄 차를 반쯤은 채울 수 있을 것이다. 고로 현금은 아니고 무기명채권 정도 될 텐데 딱히 욕심은 없었다.

그리고 오늘 꽤 많은 이들을 죽여 더 이상 손에 피를 묻히기 싫다는 생각도 있었다.

"가지고 나오게."

"알다시피 내가 나갈 처지가 아니야."

"저격은 멈춰주지. 그렇다고 허튼 짓은 말게."

고개를 들어도, 문을 열고 가방을 들고 천천히 나와도 크레인 위에 있는 저격수는 얌전했다.

아마 이강철이 들고 있는 손이 내려가면 바로 저격이 시작될 것이다.

난 적당한 거리를 두고 섰고, 가방을 내렸다.

"후레쉬 좀 치워주지? 눈이 너무 부시네."

이강철은 저격수를 너무 믿고 있었다. 그와 그의 부하 열 명은 총이 아닌 칼과 쇠파이프를 들고 있을 뿐이었다.

아니, 나를 너무 무시하고 있는지도 몰랐다.

"자네 소문과는 무척 다르군. 악귀 같다고 하던데 지금은 마치 순한 양 같아."

"소문은 와전되기 나름이니까. 줄 것도 다 들어줬으니 이제 가도 될까?"

"아니, 나에게 줄 것이 더 있어."

그가 나를 살려줄 거라는 생각은 하지 않았다. 나 또한 오늘 보내주면 내일 이강철의 목숨을 노렸을 것이다.

다만, 그의 부하들의 목숨은 한 번 기회를 주고 싶었다.

"내 목인가? 이렇게 많은 것을 가지고도 4억이 가지고 싶은가 보군."

난 두 개의 가방을 발로 툭 차며 물었다.

"하하하! 4억이 아닐 수도 있잖은가? 4억이 플레져 빌딩이 될 수도 있으니까."

"내 재산까지 노린다는 얘기군."

"그렇지. 천하의 위준이 무서운 건가? 왜 그렇게 손을 흔들지?"

"작별 인사라고 할까."

"어쨌든 고마웠어. 덕분에 많은 돈을 만지게 되었으니."

"참, 시체 처리는 어떻게 할 작정이지? 추운 건 싫은데."

"걱정 말게. 자네를 위해 콘크리트로 메울 곳을 준비했으니까. 여기 세워지는 공장의 든든한 지반이 될 테니 춥진 않을 거야. 돈이 들었지만 저승 가는 노잣돈 정도는 챙겨줬다고 생각해."

"으아아아아!"

새벽녘을 울리는 비명이 크레인 쪽에서 들린다.

순간, 이강철과 놈들의 시선이 그쪽으로 향했고, 난 후레쉬 불빛이 비치지 않은 어둠으로 몸을 옮긴 후 빠르게 거리를 좁혔다.

"어……?"

허리춤에서 뽑은 단검으로 고개를 돌려 내가 사라졌음을 알아챈 놈의 목을 그었다.

목에서 피가 터져 나오기도 전에 다음 녀석의 심장에 칼을 꽂는다.

"마, 막아!"

날뛰는 나를 발견한 이강철이 외쳤지만, 이미 그땐 다섯 명의 목숨이 사라지고 있었다.

놈들은 허둥대고 있었다.

밝은 후레쉬 불을 비추던 놈들의 눈은 어둠을 파고드는 나를 쉽게 파악할 수 없었다.

"큭, 켁!"

"허억!"

"피, 피해… 커억!"

칼을 뽑을 때마다 피분수가 퍼진다. 하지만 칼은 그보다 빠르게 다시 피를 탐하며 타인의 몸에 꽂힌다.

"이 새끼!"

열 명 째 쓰러졌을 때 이강철의 사시미 칼이 내 배를 노리고 들어온다.

살짝 피하며 생명에는 지장 없는 팔, 어깨, 옆구리를 찔렀다. 그리고 비틀거리고 쓰러지는 놈을 몇 군데 더 찌르고 멈췄다.

"개… 개새끼……."

"당신 부하들은 고통 없이 갔을 거야. 하지만 당신은 그렇게 가면 안 되지."

"이, 이러고도 무사할 줄 알아?"

"욕심 많은 당신 때문에 무사할 거야. 여기 죽은 열 명을 제외하곤 어디에 간다는 말도 없이 나왔겠지."

"우, 웃기지 마……. 호, 홍두 형님도……."

"풉! 거짓말인거 다 티나. 그리고 설령 알면 어쩔 건데? 너희들은 모두 이 공장의 든든한 지반이 될 텐데."

난 그가 나에게 했던 말을 그대로 돌려줬다.

"아니면 저 금괴의 반만 주면 웃으며 악수를 청할 걸. 너희 두목, 그런 사람이잖아. 안 그래?"

"……."

"지옥에 가. 그리고 내가 그곳에 가길 바라고 있어라. 실력도 좀 키워두시고."

내 말에 이강철은 아무 말도 없었다. 아프게 죽어가는 그를 두고 난 그가 말하는 구덩이를 찾았다.

혼자 묻히기엔 참 깊고도 넓은 곳이다.

옆에 대기하고 있는 레미콘 트럭의 문을 열었다.

"사, 살려주십시오. 제발!"

우락부락한 사내가 차 바닥에 고개를 처박고 빈다.

"아저씨가 날 묻으려고 했지?"

"아, 아닙니다. 저, 저자들이 협박을 해서 어쩔 수 없이……. 그러니 제발!"

"이곳에서 일해?"

"아닙니다. 그, 그저 이 차로 먹고 살고 있습니다."

"저놈들이 자주 부탁했겠네?"

"네네. 아, 아뇨. 이, 이번이 처음입니다."

선량한 시민은 아니었다. 하지만 나 역시 이 사람의 도움이 필요했다.

"대상만 달라졌을 뿐 아저씨가 할 일은 똑같아. 내 말, 이해하지?"

"예!"

"이강철이 얼마나 줬지?"

이 아저씨 꽤나 이런 일에 익숙했다. 내 얼굴을 볼 생각조차 하지 않고 고개를 숙인 채 손가락 다섯 개만 쫙 편다.

"좋아. 저들 품에 있는 돈은 다 아저씨 거야. 더 주고 싶지만 현금이 없어서 안 되겠어."

"피, 필요 없습니다."

"한 가지 더 해줄 일이 있거든."

"얼마든지 하겠습니다. 무엇을 할까요?"

내 말에서 살 수 있다는 생각을 한 모양인지 무척 고분고분하다.

"저들이 타고 온 차 좀 처리해줘."

"대포차라 번호판만 떼면 누가 그냥 버리고 간 줄 알고 이곳 공사장에서 처리할 겁니다."

"그런 방법도 있군. 어쨌든 부탁해."

난 그의 마혈을 짚어 잠시 못 움직이게 만든 후 뒤처리를 시작했다.

그리고 얼마 후, 레미콘은 구덩이로 콘크리트를 토해낸다.

이강철의 지갑에는 꽤 많은 현금과 수표가 들어 있었는데 그건 모두 레미콘 기사의 몫이었다.

두 번 다시 이런 일에 엮이지 말라고 단단히 말해놓고 대포차 한 대를 타고 조용히 공사장을 떠났다.

서미혜가 깨기 전에 도착할 수 있을지 의문이다.

느낌과는 다르게 악몽의 크리스마스였다.

6장

아프네

크리스마스 이후론 아무 일없이 한가한 날들의 연속이었
다.

인천 사건은 뉴스에 나오진 않았지만 경찰에서 대대적인
수사가 진행되는 바람에 중화회에 대한 공격 또한 할 수가 없
었다.

그리고 마침내 12월 31일, 대한대학교 1차 합격자 발표가
났다.

우니는 당연히 붙었고, 힘들 거라는 예상과 다르게 나 역시
합격을 했다.

하지만 우니와는 다르게 아마 난 면접시험에서 당락이 결

정되지 않을까 하는 생각을 했다. 그래서 면접 및 구술시험 준비를 철저히 준비했다.

"오빠, 잘 봐."

"너도 잘해라."

택시를 타고 대한대학교에 도착한 우니와 나는 면접이 끝나면 다시 보기로 하고 헤어졌다.

내가 사준 정장에 롱코트를 입고, 굽이 약간 높은 구두를 신고 가는 우니의 뒷모습이 조금 위태로워 보인다.

"저질!"

애기 같은 얼굴에 패딩 점퍼를 입은, 잘 봐야 고등학교 1학년쯤 되어 보이는 꼬맹이가 날 보고 저질이란다.

"동생이에요."

"다 동생이래지. 왜, 나도 동생으로 보이니?"

남자에 대한 피해 의식이 있는 꼬맹인가 보다. 처음 보는 날 오해하는 것까진 좋았지만 다짜고짜 반말이라니.

"아니, 덜 자란 꼬맹인 관심 없어요."

이럴 때 피하는 게 상책이었다.

"너 뭐라고 했어? 다시 말해봐! 야, 이 양아치 같은 놈아! 거기서!"

뭐라고 하든 신경 쓰지 않고 성큼성큼 걸었다.

하지만 끈질기게 쫓는 꼬맹이 때문에 머릿속에 있는 대한대학교의 지도를 참고해 건물 몇 개를 돌아야 했다.

무사히 떼어내고 목적지인 경영대학 면접 장소에 도착했다.

넓은 강의실에는 몇 명이 없었는데 마치 바둑돌처럼 이리저리 흩어져 한 명씩 앉아 있었다.

'너무 일찍 왔네.'

평소 게으름을 피우던 우니가 웬일로 서두른다 싶었더니만 50분 전에 도착을 한 것이다.

창가 쪽에 앉아 밖을 보며 면접이 되길 기다린다.

"또 동생 보냐? 늙은이!"

놀랍지도 않다. 대기 장소인 강의실 입구부터 날 발견하고 씩씩거리며 다가오는 그녀의 존재를 못 느꼈을 리 없다.

"늘씬한 동생이 없네요. 근데, 여긴 웬일이에요? 오빠 면접 보는데 따라왔어요?"

"흥! 댁이 노안 때문에 노인대학하고 헷갈린 거 아냐?"

말로는 당할 수가 없을 것 같다.

그리고 면접을 돕는 이들 중 합격하면 선배가 될 이들도 있을 텐데 괜스레 주목받고 싶은 생각은 없었다.

난 아예 무시하고 스마트폰을 꺼내 음악을 듣기로 했다.

"내 말을 무시할 작정이야?"

뭐라 뭐라 계속 떠들다가 주변의 시선이 모이자 입을 다물고 슬그머니 내 뒷자리에 앉는다.

난 자리에서 일어나 밖으로 나가 자판기가 있는 휴게실로 향했다.

꼬맹이는 그런 나를 끝까지 쫓아왔다.

"내가 어떻게 하길 원하는 거요?"

결국 내가 졌다. 난 화해의 손을 내밀었다.

"사과해요."

"어느 것에 대해서요?"

"여성을 그런 눈으로 본 걸 사과해요."

내가 숙이자 꼬맹이의 말 역시 예의 바르게 바뀌었다.

"여성의 뒷모습을 음탕한 시선으로 봐서 미안해요. 그리고 숙녀에게 꼬맹이라 표현한 것도 사과드리죠. 이 정도면 될까요?"

"됐어요. 저도 늙은이라고 부른 거 사과할게요."

"한 가지 더 있지 않나요?"

"쳇! 반말한 것도 미안해요."

쳇 뒤에 다른 말이 붙지는 않았지만 '옹졸하다', '쪼잔하다' 라는 의미가 포함되어 있는 눈빛이다.

"그럼, 화해의 의미에서 한잔할래요?"

"그럼, 먼저 잘못한 댁이 뽑아요."

피식 웃음이 나온다. 하지만 또 화를 낼 것 같아 속으로만 웃었다.

이제 보니 정말 인형처럼 생긴 애다. 젖살이 빠지지 않은 볼을 꼭 찔러보고 싶어지는 얼굴이다.

"난 박무찬이라고 합니다. 이름이?"

"숙녀는 쉽게 이름을 말하지 않아요."

갑작스레 꼬맹이는 중국어로 말했고, 나 역시 중국어로 답하자 휴게실은 시끄러워졌다.

"숙녀는 신사의 정중한 물음에 답해줘야 해요."

"누가 신사라는 거죠?"

"누가 숙녀일까요?"

"조금 전 숙녀에게 어쩌고저쩌고 한 사람이 누구죠?"

"신사 박무찬이요."

"참나⋯⋯. 노해윤이에요."

기가 찬 듯한 표정을 짓던 꼬맹이는 노해윤이라고 이름을 밝혔다.

"해윤 씨, 만나서 반가웠고요. 면접 잘 보길 바랄게요."

"에?"

내가 일어나자 도리어 놀라는 해윤.

"왜요? 나이도 가르쳐 줄려고요?"

"아뇨! 절대 안 되죠."

"나한테 묻고 싶은 건 있어요?"

"그것도 아니에요."

"그래서 일어나는 거예요. 같이 있어도 딱히 할 일이 없잖아요. 그리고 난 면접을 준비해야 하거든요."

"면접은 정신적으로 문제없으면 그냥 붙는대요."

"그래서 위험해요."

난 해윤에게 살짝 인사를 하고 대기실로 향했다.

2차에 걸친 수시 모집으로 이미 80%가 넘는 학생들을 뽑은 대한대학교의 정시 모집 인원은 채 20%가 되지 않았다.

앞으로는 100%로 수시 모집으로 뽑겠다고 밝힌 대한대학교.

입시에 대한 큰 영향력을 가진 대한대학교의 발표는 초등학교 때부터 아이들을 입시 지옥으로 밀어 넣겠다고 것이다.

그리고 초, 중, 고등학교의 성적은 부모의 치맛바람, 즉 돈의 영향에 대단히 민감하게 반응한다.

지금은 성적을 돈을 주고 살 수 있는 시대였다.

그걸 알면서도 수시 모집을 고집하는 대한대학교는 인재를 구한다는 허울을 쓰고 돈이 없는 자는 들어올 생각도 말라는 단호한 외침을 국민에게 전한 것이다.

이런 내 생각과는 상관없이 마지막 정시 모집이 될지 모르는 경영대학 면접 대기실은 고작 50명 정도의 학생만이 간단한 주의사항을 들으며 면접을 준비 중이었다.

"…미리 대기하고 있다가 호명하면 바로 면접실로 입장하시면 돼요. 끝으로 좋은 결과가 있기를 바랄게요. 1번부터 5번까지 절 따라오세요."

면접이 시작되었고, 그리 오랜 시간이 되지 않아 나의 차례가 되었다.

"정신 차리고, 파이팅!"

내 다음다음에 앉아 있던 노해윤이 소곤거리며 파이팅을 해준다. 난 길게 호흡을 한 후에 안으로 들어갔다.

"안녕하십니까, 면접 번호 24번 박무찬입니다."

"반갑군요. 앉으세요."

면접 전 안내자가 가르쳐 준 그대로 말한 후 자리에 앉았다.

4명의 면접관이 앉아 있었는데 왼쪽부터 국제경영의 성동기 교수, 마케팅의 전제일 교수, 인사조직의 박오찬 교수, 재무ㆍ금융의 김우정 교수가 앉아 있었다.

"허허! 박 교수님과 같은 종씨가 아닌지 모르겠네요."

성동기 교수가 박오찬 교수와 내 이름이 비슷한 걸 보고 농을 한다.

"그럼, 제 동생인 박무찬 군을 잘 부탁드리겠습니다."

간단한 농담으로 면접의 지루함을 푸는 교수들.

곧바로 성동기 교수의 질문이 들어온다.

"박무찬 군의 경우, 참 특이한 케이스군요. 고등학교 1학년 때 납치되었다가 작년 6월에 입국했다고 되어 있는데 수능 성적은 거의 만점에 가깝군요. 어떻게 공부를 했는지 궁금하네요."

"광산에서 강제 노역을 하는 4년 간 제 정신을 지탱해 줄 뭔가가 필요했죠. 그게 저에겐 공부였습니다. 납치되기 전, 이미 고등학교 2학년까지 선행 학습이 되어 있던 상태라 그걸 4년이라는 시간을 곱씹으며 보냈죠. 귀국해서 3학년 과정만 배우면 되었기에 5개월은 충분한 시간이었습니다."

"공부에 대한 열정으로 4년을 버티다니 대단하군요."

교수들의 눈빛은 호의적으로 바뀔 수밖에 없었다. 이력서만 딱 봐도 불쌍함이 줄줄 흐르는 내가 공부 때문에 버텼다고 말하니 어찌 나쁘게 볼 수 있을까.

"박무찬 군은 경영이란 무엇이라 생각하나요?"

"개인적으로 기업이 살아남기 위한 강력한 수단의 집합이라고 생각합니다. 경영학, 마케팅, 생산관리, 인사조직, 재무, 금융, 회계 등 어느 것 하나 소홀히 할 수 없는 것들이지요."

"이런 글로벌한 국제 경쟁 시대에 맞는 경영이란 무엇일까요?"

"글로벌 시장 체제에서는 수많은 변수들이 있어 생겼다가 사라졌다가를 반복한다고 생각합니다. 그에 교수님의 책에 언급된 '글로벌 경쟁에 있어서의 기업의 환경적응이론' 이 저에게는 상당히 와 닿았습니다."

"그 책을 읽어보았나?"

성동기 교수가 웃는 얼굴로 묻는다.

"네. 1990년에 대학원을 졸업논문에서 언급된 이후, 1992년 처음으로 출간된 '경영학원론' 에 본격적으로 다루어졌고,

이후에도 '국제경영론'에서 더욱 발전된 형태로 언급하신 걸 기억합니다."

난 앞에 있는 네 사람뿐만 아니라 대한대학교 경영대학 교수들이 집필한 모든 책들과 논문을 거의 빠짐없이 읽었다.

세세한 내용을 읽으려면 스스로에게 최면을 걸어 기억을 훑어봐야겠지만, 전체적인 흐름은 언제라도 말할 수 있을 정도였다.

"허허허, 놀랍군요. 전 이만 됐습니다. 전 교수님."

전제일 교수의 질문이 이어졌다.

"경영에 무척 관심이 많은가 보군요. 혹시 제 책도 읽어 보았나요?"

"네. 최근에 읽은 2012년에 발간된 '변화하는 마케팅기법'이라는 책은 무척이나 감탄하며 봤습니다."

"그렇다면 무분별한 PPL(영화나 드라마 속에 등장하는 상품을 일컫는 말로 광고 마케팅 전략의 하나)에 대해선 어떻게 생각하시나요?"

"PPL을 부정적으로 보는 사람들은 많지만⋯(중략)⋯ 결국, 기업, 방송제작사, 방송국 모두가 살기위해 만든 훌륭한 전략이라 생각합니다."

"잘 들었어요. 전 이만⋯⋯."

박오찬 교수와 김우정 교수의 질문도 나름 생각을 더해 말했다.

사실 그들의 이론과 그들의 책에서 나온 내용을 가장 듣기 좋게 대답한 것에 불과했지만 그들은 모두 만족스러운 표정을 짓고 있었다.

"허허! 박무찬 군, 입이 너무 매끄럽군요. 마지막으로 할 말 있으면 하세요."

물론, 이들도 내가 그들의 책을 언급함으로써 아부를 한다고 생각할 것이다. 하지만 아부는 달콤하고 뿌리치기 힘든 마약과 같았다.

"꼭 합격해서 책이 아닌 교수님들의 가르침을 직접 받고 싶습니다."

난 그들의 눈을 똑바로 보고 최면의 종지부를 찍었다.

면접의 결과를 확신하며 난 일어나 면접장을 나왔다.

"교수님들이 아래위로 본다고 화내지 말고 잘해요."

살짝 긴장한 노해윤에게 한마디 해주고 우니가 만나기로 한 장소로 갔다.

"왜 이렇게 늦어요?"

"니가 빨리 나온 거지. 면접은 잘 봤냐?"

"잘 보고 못 보고가 뭐 있어요? 몇 가지 묻더니 그냥 가라고 하던데. 오빠는?"

"나야 잘 봤지."

"걱정하더니 잘됐네요. 근데 기다리느라 너무 춥다. 따뜻한 음료라도 한잔 마셔요."

"기다리면서 마시지 그랬어?"

"마셨죠. 그래도 춥네요."

"차라리 학교 내에 있는 카페로 가자. 앞으로 다닐 곳이니 구경도 할 겸."

"그래요."

우니와 난 대한대학교 교내에 있는 카페를 찾아 천천히 거닐었다.

그러다 어디론가 가는 노해윤을 봤다.

"어? 면접 벌써 끝났어요?"

"누구 덕분에 시간 많이 잡아먹었다고 막 하던데요."

"해윤 씨는 정신이 멀쩡하니까요."

"진짜 동생이었어요?"

우니를 보고 약간 머쓱한 표정으로 묻는다.

"동생 우니에요. 우니야, 이쪽은 합격하면 같이 공부하게 될 노해윤 씨."

두 사람 다 서로 어색한 인사를 나누고 별말이 없었기에 금방 해윤과 헤어졌다.

"재주도 좋아. 면접 보면서 꼬신 거예요?"

"오빠한테 '꼬신'이 뭐냐? 그리고 꼬신 것이 아니라 네가 너 가는 뒷모습을 봤다고 저질이라고 하더라."

"정말? 오빠 정체를 금방 알아봤네. 똑똑한 애네."

"이게!"

난 장난치는 우니에게 알밤을 먹였다. 우니는 아프다며 울
상을 짓는다.

그렇게 티격태격 카페를 향해 걸음을 옮겼다.

*　　　*　　　*

거의 세 달 간 서미혜와 붙어 지내다시피 했다.

경호원 노릇을 하며 낮에 놀이공원에도 가고 밤이 되면 영
화관을 찾기도 했다.

흡사 첩보 영화를 방불케 하는 여러 가지 방법을 통해 신나
게 지냈다.

가령, 매진이 되는 영화표를 두 장 미리 끊어놓고 한 장을
서미혜에게 준 후 난 영화관에서 기다렸고, 서미혜는 시작과
함께 들어와 함께 영화를 본 후 헤어지는 그런 식이었다.

2월이 되면서부터는 경호원을 그만두고 본격적으로 전국
을 돌며 데이트를 즐겼다. 서울보다는 지방이 내가 활동하기
엔 훨씬 편했다.

서로 말은 안했지만 서미혜도 이제 우리의 관계를 끝낼 때
가 됐음을 알고 있었다.

이렇게 대범하게 즐기다 보니 내 사진이 몇 장쯤 흘러들어
간 것은 자명한 일이었고, 며칠 전 경고 전화를 받아야 했다.

시답지 않은 말을 들었지만 모르는 척 무시했다. 어차피 얼

마 지나면 끝날 일이었으니까 핑계 하나쯤 만들면 된다.

뜨겁게 달아올랐던 밤이 지나고 아침이 되었다.

서미혜는 피지도 않던 담배를 입에 물고 창밖을 바라보고 있었다.

"웬 담배입니까?"

"좀 청승맞아 보이려고."

"성공했군요."

"성공했다면 그만 피워야지."

담배를 끄고는 침대로 들어와 입을 삐죽이 내민다.

비록 담배향이 나긴 했지만 키스는 여전히 달콤했다.

"모레 신입생 오리엔테이션(OT) 간다고?"

"네. 아무래도 대학에 간 목적을 달성해야 하니까요."

"대학에 간 목적?"

가슴에 안겨 있던 서미혜가 동그랗게 눈을 뜨며 묻는다. 그 모습이 오늘따라 왜 이렇게 사랑스러워 보이는지…….

살짝 이마에 키스를 하고 말을 이었다.

"대학에 가는 이유야 많겠지만 크게 나누면 두 가지 정도죠. 하나는 열심히 공부해 좋은 곳에 취직하는 것, 다른 하나는 인맥을 쌓으려는 것. 저의 경우는 한 가지가 더 있죠."

"신수호에 대한 복수지."

"맞아요. 미혜 씨 덕분에 많은 것을 알았으니 이제 천천히 조여들어 가야죠."

"잘 해낼 수 있을 거야."

"누군가 방해만 안하면요."

"난 절대 방해하지 않아! 오히려 언제든지 도움이 필요하면 말해줘."

"농담이에요. 어쨌든 좀 전에 얘기로 돌아가죠. 두 가지 중전 인맥을 쌓을 생각이에요. 그래서 각계각층의 인사들을 내편으로 만들 생각입니다."

"쉽지 않을 거야. 학연이 중요하긴 하지만 그보다는 이익에 민감한 사람들이거든."

"그래야죠. 학연은 그저 만나는 징검다리 정도로 생각하곤 하죠. 학교 후배라면 아무래도 만나기가 쉽잖아요."

"그야 그렇지."

"그 다음 제 편으로 만들 자신이 있습니다."

"어떻게?"

방법에 대해선 말하지 않았다. 사람에 따라선 이익을 줄 수도 있고, 때로는 약점을 잡을 수도 있었다.

내 편이 아니라 적이 된다면 제거를 하면 되는 것이었다.

"나, 궁금한 게 있어."

"뭔가요?"

"이 상처들……."

이렇게 누워 있을 때 간혹 서미혜는 가슴 밑에 난 큰 상처와 이곳저곳에 난 상처에 대해 묻곤 했다. 그러나 난 화제를 바꾸거나 대수롭지 않게 넘겼었다.

하지만 서미혜는 항상 상처가 궁금했나 보다.

"말하면 절 무서워할지 모릅니다."

"그렇지 않아."

"하하! 장담은 하지 말아요."

난 잠깐 고민하다 말을 시작했다.

"이건 칼에 찔려서 생긴 상처입니다. 찌른 사람은 인체에 완전히 통달한 사람이었거든요. 심장과 다른 장기를 건드리지 않고 그저 근육과 뼈만 가른 거죠."

"……."

"제가 그곳에 간지 3개월째 되던 때였어요. 그리고 배에 있는 상처는 뾰족한 나뭇가지에 찔린 상처입니다. 아무렇게나 꺾여 삐쭉빼쭉한 나무가 들어올 땐 정신이 아득해지죠."

새파랗게 질려가는 서미혜를 보며 난 담담하게 말을 이었다.

"그리고 다리에 난 이 상처와 이 상처는 부비트랩에 걸렸을 때 생겼어요. 실수로 선을 건드려 그대로 박혀 버린 거죠. 치료가 제대로 되지 않아 다리를 잘라야 살 수 있다고 했지만 끝까지 버텨야 했죠. 다리 없이는 살 수 없는 곳이었거든요."

"…그, 그만해. 너, 너 광산에 있었다고 했잖아?"

"머리 좋잖아요, 생각해 봐요. 한국에 있는 고등학교 1학년 학생을 잡아다가 아프리카 근처의 광산에 데리고 가 일을 시킨다? 아프리카는 먹을 것만 주면 일할 사람이 넘치는 곳이에요. 그것 말고도 헛점이 너무 많잖아요."

"그, 그럼……?"

"평범한 인간을 괴물로 만드는 곳이었습니다."

더 이상 설명하지 않았다.

지금은 그저 이 정도만 말할 수 있는 게 나의 한계였다.

한참을 복잡한 시선으로 바라보던 서미혜는 자리에서 일어나 가슴에 나를 품는다.

"…힘들었겠다."

"…네."

서미혜의 가슴은 포근했고, 그녀의 말은 따뜻했다.

"그리고 넌 괴물이 아냐. 내가 사랑하는 사람이지."

심장을 두르고 있던 무엇이 '쩡' 하고 깨어져 나간다. 그리고 따뜻함이, 포근함이 심장에 스며든다.

우리는 그렇게 시간이 멈춘 듯 한참을 그렇게 있었다.

늦은 아침을 먹는다.

토스트에 커피, 그리고 달걀 프라이. 단출했지만 맛있었다.

"미혜 씨, 할 말이 있습니다."

이제 끝내야 할 시간이다.

비서실장과 한 약속 때문도 아니었고, 계약을 끝내야 할 때가 되어서도 아니었다.

"후우~ 내가 먼저 말할게."

길게 심호흡을 한 서미혜는 마시던 커피잔을 놓고 잠시 머뭇거리다 말을 한다.

"먼저 시작한 것도 나니까 끝도 내가 맺고 싶다. 박무찬! 우리… 여기서 계약을 끝내자."

"그러죠."

"네 덕분에 즐거웠고 행복했어."

"저도 미혜 씨 때문에 참 좋았습니다. 행복했고요."

"우리 한 번 안아볼까?"

시작했을 때가 생각난다. 얼굴은 발갛게 달아오른 채 비슷한 말을 했었다.

그때완 달리 포옹은 길었고 떨어지기 싫다는 의지가 느껴졌다.

하지만 끝은 언제나 있었다.

"내가 몇 가지를 준비했어."

"그건…"

"사양하지 않았으면 좋겠어. 우리의 관계가 헤어지기 싫어하는 비극적 연인으로 남게 되면 참을 수 없을 것 같아. 그냥 계약 관계였다고 생각하고 싶어."

"그게 좋겠네요. 그렇게 해요."

"내 이름으로 된 통장이야. 얼마 안 되지만 복수하는데 도움이 되었으면 좋겠다. 그리고 내일쯤 집으로 자동차가 도착할 거야. 입학 선물이야. 국산에 준중형이니까 부담가질 필요는 없어. 그리고⋯⋯."

시선을 맞추지 않고 자신이 할 말만 거침없이 토해낸다.

"⋯이게 다였나? 더 있었던 것 같은데. 뭐가 빠진 걸까?"

"다 말했을 겁니다. 미혜 씨는 똑똑하니까 빠진 게 없겠죠. 많은 것을 받았지만 제가 줄 건 이거 하나네요."

난 A4용지 크기의 액자를 가지고 와 그녀에게 건넸다.

칼국수 집에 가면서 파파라치에게 뺏은 메모리칩에 있던 사진 중 하나였다.

흩날리는 눈 속에서 환하게 웃는 모습의 서미혜가 담긴 사진이었다.

"사진처럼 항상 웃으며 살았으면 좋겠어요."

"⋯고마워."

"저도 많이 고마워요. 이만 갈게요."

난 자리에서 일어났다. 그리고 오늘도 조용히 이 집을 빠져나가야 했기에 2층으로 올라갔다.

"연락할지도 몰라. 그러니 절대 받지 마. 그렇다고 전화번호는 바꾸지 말고. 혹시 내가 찾아가더라도⋯⋯."

더 들을 수가 없었다.

난 온몸의 내공을 끌어올려 거침없이 달렸다. 그녀의 집 뒤에 있는 산을 넘었음에도 멈출 수가 없었다.

귓가에 맴도는 울음소리가 사라지길 바라며 계속 뛰었다.

감정이 메말라 헤어진다고 해도 아무렇지 않을 거라 생각했다.

그저 이용할 생각이었는데 그녀의 감정을 알아버려 그래선 안 된다고 생각했을 뿐이었다.

한데, 이 답답함은 무엇일까?

저녁이 깊어지도록 미친 듯이 뛰어다녔지만 풀리지 않았다.

눈에 보이는 걸 파괴하고 싶은 욕구가 인다.

하지만 그래 봐야 풀리지 않음은 나도 잘 알고 있었기에 참으며 집으로 향한다.

'휴~ 놈들인가?'

집 근처에서 얼쩡거리는 검은 옷의 사내들이 느껴진다.

아마 신세호가 보낸 이들이리라.

협박 전화가 안 통한다고 생각했을 테니 실력 행사를 할 모양이다.

"박무찬?"

집 가까이에 가자 앞을 막으며 말을 걸어온다.

CCTV가 있는 곳인데 이렇게 모습을 드러내는 걸 보니 거저 겁만 주려고 왔나 보다.

"그런데요?"

"잠깐 얘기 좀 할까?"

"그러시죠. 여긴 시끄러우니 저기 위에 가면 조용한 곳이 있습니다."

내가 거부할까 봐 다가오던 사내들은 잠깐 당황한 표정을 짓더니 곧 어이없이 웃으며 내 뒤를 따라 올라온다.

"무슨 일이죠?"

평소 주민들이 간단한 산책이나 운동을 하던 공터는 추운 날씨와 늦은 시간 때문에 아무도 없이 조용했다.

"허~참, 이거 겁이 없는 건지, 뭔가 숨기고 있는 건지 모르겠네. 뭐, 조용히 얘기하러 온 것이니 상관없을라나?"

주위를 둘러보던 사내는 기가 찬 표정으로 용건을 말한다.

"너 요즘 만나는 사람 있지?"

"없는데요."

"다 알고 왔어. 오늘은 그저 경고만 하려고 온 거니까 솔직히 말해도 돼."

"며칠 전 전화한 사람들이죠? 그때 말했듯이 그냥 아는 누나라 부탁할 일이 있어 며칠 만난 게 답니다."

"이 새끼 봐라. 좋게 얘기하니까 우리가 우습게 보이지?"

"우습긴 하군요. 누구한테 무슨 얘기를 듣고 이곳에 왔는지 모르지만 증거도 없는…"

퍽!

옆에 있던 놈의 발차기가 옆구리에 박힌다.

"아놔~ 이 새끼가! 누구 앞에서 우습다는 거야. 얌전히 얘기해 주니까 우리 형님이 우습냐?"

"크크크킄! 진즉에 이럴 것이지. 어차피 너희들은 명령받고 움직이는 개새끼에 불과하잖아. 사실인지 아닌지를 알고 싶은 게 아니잖아. 때려, 때려!"

"이 XX새끼!"

퍽! 퍽! 퍼퍽! 퍽!

열 받은 놈의 주먹이 얼굴과 배, 가슴으로 마구 날아온다. 피하는 거야 식은 죽 먹기지만 그냥 맞았다.

급소가 아닌 바에야 아플 것도 없었다.

"그만! 이 새끼야. 니가 왜 나서고 지랄이야. CCTV에 얼굴 다 찍혔는데 지금 때리면 어쩌자는 거야, 이 병신아!"

형님으로 불리는 이가 한마디 하자 비로소 주먹이 멈춘다.

"미안하다. 저 새끼가 철이 없어서 그런 거니 이해해라. 이 걸로 치료비나 하고."

수표 몇 장을 바닥에 던져준다.

"내가 돈이 없어 보여? 챙겨놨다가 때린 놈 껌이나 사줘."

"하… 허허 참! 오늘 죽고 싶냐?"

살기 어린 눈빛으로 날 바라보는 녀석을 보고 빙긋 웃어 보이며 말했다.

"죽일 깡다구는 있고? 너희한테 먹이 준 놈한테 가서 전해. 난 아무런 관계없다……."

퍼어억!

형님의 폭력이 시작됐다. 때리고, 밟고, 차고, 샌드백을 두들기듯 날 두들긴다.

난 신음 소리도 내지 않고 그 모든 걸 받아들였다.

"허억! 씨발 놈! 허헉! 조용히 얘기만 하고 가려 했는데, 하아아~ 왜 승질을 돋우고 지랄이야. 하악!"

땀까지 난 놈은 옷을 벗더니 다시 때리기 시작한다.

"하악! 너 두 번 다시 그 여자 만나지 마라. 허억! 학! 그때는 두 번 다시 세상 못 볼 줄 알아라, 알겠어?"

"웃기고 있네. 할 말 다했으면 꺼져. 그리고 다음엔 잘 알아보고 와. 주인이 시킨다고 그대로 믿지 말고."

"하, 하하하! 으득! 다음에도 오늘과 같은가 보자!"

뱉는 침까지 맞을 생각은 없었기에 살짝 피했다.

그런 나에게 다시 한 번 발길질이 왔지만 한 대에 불과했다. 그리고 그들은 몇 마디 더 던지곤 돌아갔다.

난 대자로 뻗어 하늘을 봤다. 드문드문 별들이 보인다.

"아프네."

답답한 마음의 정체를 알았다.

하지만 그저 하늘만 볼 뿐이다. 섬에서 그랬던 것처럼.

7장

오리엔테이션

약 200여 명의 신입생에, 인솔하는 선배들까지 250명가량 되는 인원이 버스를 타기 위해 기다린다.

신입생 환영회라고 모든 인원이 참여한 것은 아니어서 참석자들을 체크하느라 각 버스의 인솔자들이 열심히 돌아다닌다.

"탑승하세요."

내가 탈 차량을 인솔하는 여자 선배는 얇은 뿔테를 쓴 꽤나 순박해 보이는 인상이었다.

"합격 축하해."

기적을 감지하는 능력을 최대한 줄였음에도 머리가 지끈

지끈할 정도로 많은 정보가 들어왔다.

그래서 머리를 식히려 눈을 감고 있는데 익숙한 목소리가 들린다.

"해윤 씨도 축하해요."

"이제 동긴데 말 편하게 하자."

옆자리에 앉으며 팔꿈치로 옆구리를 쿡 찌르며 살갑게 군다.

"그러지 뭐."

대한대학교에 들어오기 위해 재수, 삼수를 하는 이들도 많았지만 나이가 많음을 내세워 봐야 자신만 손해였다.

"얼굴은 왜 그래?"

"별거 아냐. 멍 때리다가 부딪쳤어."

놈들에게 맞은 상처는 내공 수련을 통해 거의 다 사라졌다. 하지만 입술 주변은 쉽게 낫질 않았다.

"피! 거짓말. 어디 가서 맞았구나?"

"날카롭긴. 여자 친구한테 헤어지자고 했다가 한 방 먹었다."

"오호~ 그러세요? 헤어지기는 했고?"

"보면 모르냐?"

시답지 않은 대화를 좋아하진 않았다. 하지만 서미혜와 헤어진 후 나도 모르는 심경의 변화가 있었는지 묻는 족족 답을 하고 있다.

옆에서 노해윤을 자세히 보니 뭔가 이상한 느낌을 받았다.

면접 때는 몰랐는데 의외로 사람들의 시선을 의식하듯 사람이 지날 때마다 몸을 움츠리고 있었다.

"네가 안으로 들어와."

"괘, 괜찮아."

"내가 잡아 먹을까 봐 그러냐?"

"꼭 말을 해도……."

좁은 좌석에서 우린 용케도 자리를 바꿨다.

그리고 다리를 들어 구부릴 때 그녀가 나에게 했던 행동들과 버스에서 한 행동들의 이유를 알게 되었다.

면접 때 입은 등골 브레이크라는 패딩 점퍼와 다르게 깃에 털이 달린 얇은 점퍼를 입고 있어 보다 확실히 보였다.

노해윤은 아기 같은 얼굴과 다르게 어마어마한 글래머였다.

때문에 남자의 시선에 자꾸 어깨를 움츠리고 여자를 바라보는 남성을 경멸하게 된 것이 아닐까 싶었다.

"왜? 왜 그렇게 봐?"

"그냥. 꽤 귀엽다 싶어서."

"으엑! 넌 역시 저질이었어. 비켜! 자리 바꿔달라고 해야겠어."

노해윤이 수선스럽게 굴었지만 버스는 서서히 목적지를 향해 출발했다.

버스는 조용했다.

모두 처음 보는 얼굴이라는 서먹함 때문인지 일부는 책을 읽고 있었고 일부는 음악을 듣고 있었고, 또 일부는 잠을 자고 있었다.

시끄럽게 떠들던 노해윤도 창에 머리를 콩콩 박으며 잘도 잔다.

목적지는 양평에 있는 큰 리조트였다. 가장 먼저 '대한대학교 경영대학 신입생 오리엔테이션을 축하합니다' 라는 큰 플래카드가 눈에 띄었다.

OT(오리엔테이션)는 지정된 방으로 가서 같이 방을 쓰게 될 동기들과 인사를 나누고, 환영회 겸 일정에 대한 간단한 설명을 듣고, 그저 이리 갔다 저리 갔다 하면서 몰려다니는 게 다인 듯 보였다.

오랜 시험에서 해방되어 기쁜 얼굴들이 대부분이었지만 나에겐 별다른 감흥을 주진 못했다. 다만 이다혜가 OT에 참석했다는 것이 유일하게 마음에 들었다.

"입학 축하해."

저녁을 먹고 리조트 주변을 돌아보는데 다혜가 캔 커피를 들고 나타났다.

"입학 축하 선물치고는 비약하다."

"이게 선배가 주면 주는 대로 먹는 거야."

"아~ 네네."

따뜻한 커피는 한 모금 마신 후 물었다.

"신수호와는 잘 지내?"

"글쎄? 요즘 어디에 정신이 팔린 사람처럼 굴어. 뭔가 좋지 않은 일이 있는 것 같기는 한데 도통 말을 안 하네."

그럴 것이다. 나를 죽여 달라고 부탁한 정찬구가 죽어버렸으니 어떻게 해야 할지 모르고 있을 것이다. 하지만 불안에 떨며 나에 대한 적대감이 더욱 커지면 분명 새로운 곳에 청부를 할 것이다.

기다리는 건 내 취향이 아니지만 신수호에게만은 예외를 두기로 했다.

그렇게 그가 할 수 있는 일들을 하나하나 무력화시키고, 모든 걸 포기했을 때 내가 겪은 지옥의 섬 같은 곳에 보내버릴 것이다.

"딴 여자가 생겼나 보네."

"수호는 그런 애가 아냐. 나까지 고민할까 봐 말하지 않는 걸 거야."

사악한 생각이 머릿속에 번쩍 떠오른다. 내가 원하던 두 가지를 동시에 이룰 수 있는 방법이었다.

"쳇! 이거 은근히 배 아프네. 커피에 약 탔냐?"

"배 아프면 너도 여자 친구 사귀어."

"너 같은 애 있으면 소개시켜줘."

"괜찮은 애가 얼마 전 남자 친구와 헤어졌는데 한 번 만나

볼래?"

"됐다. 나중에 헤어지고 나면 네 얼굴 보기도 민망할 텐데 내가 알아서 해야지."

"넌 만나기도 전에 헤어질 생각부터 하니? 어쩔 수 없네. 이 선배가 좋은 정보 하나 줄게. 이번 1학년 중에 꽤 괜찮은 애가 있어. 한 번 잘 해봐."

"캠퍼스 커플은 싫어."

말은 그렇게 했지만 사실 내가 무슨 백마 탄 왕자도 아니고. 찍으면 넘어오는 것도 아닌데 200명이—신입생 여학생은 채 20%도 되지 않음—넘는 경쟁자들을 제치고 무슨 재주로 괜찮다는 한 명을 차지할 수 있겠는가?

"우리 과 남자들도 웃긴 게 머리 좋은 여자 싫다며 은근히 우리 학과 여학생들 무시하는데 그거 순전히 자격지심이야. 그러니 너도 쓸데없이 다른 학교 여학생들에게 이름 날리지 말고 우리 과에서 참한 애로 골라봐."

"알았다, 알았어. 3학년 선배 중에 한 명 마음에 드는데 잘 해보마."

"자꾸 장난치면 선배로서 널 혼낸다! OT 재밌게 보내고, 나중에 또 보자."

"응."

"같은 학교에 다니게 돼서 기뻐."

리조트로 들어가던 다혜는 돌아서 한마디 더하고 들어간

다. 아마 마지막 말을 하려고 날 보러 온 게 아닐까 생각해 본
다.

OT의 목적은 결국 신입생들끼리, 혹은 선배와 신입생끼리
얼굴을 익히고 친목을 도모하자는 의미가 강했다. 그리고 친
목 도모에는 술만큼 좋은 것이 없었다.

큰 강당에서 시작한 술자리는 처음엔 옆에 앉은 사람끼리
조용히 마시다가 시간이 갈수록 술병을 들고 이리저리 다니
는 이들이 많아진다.

그리고 큰 원은 점점 쪼개져 마음에 맞는 사람들끼리 뭉치
게 된다.

선배들은 이런 자리마다 투입되어 간단한 게임을 통해 술
을 더욱 마시게 부채질하기도 하고 대학 생활에 대한 자신의
얘기를 후배에게 들려주기도 한다.

"마셔라! 마셔라! 마셔라!"

제법 큰 원을 유지한 곳에서 집단 광신도들처럼 '마셔라'
를 외친다.

OT를 오게 되면 소속감과 일체감을 느끼게 하기 위해 동일
한 옷을 입는다. 그런데 그 옷을 입음으로 인해 학생들의 관
심을 한 몸에 받게 된 여자애가 있는 곳이 바로 그곳이었다.

'작작 먹어라.'

노해윤은 마시라는 집단의 목소리에 홀린 듯 다시 술잔을

들이킨다.

공부만 하던 애치고는 제법 술을 잘 마셨다.

그러나 게임에 대해서는 둔했다. 한 잔, 두 잔 들어갈 때마다 벌칙을 받는 횟수가 급격히 많아지면서 지금은 거의 한계에 가까워지고 있었다.

"자! 이번에는 아주 큰 벌칙을 주도록 하겠습니다."

진행자는 지금까지는 종이컵에 소주를 조금씩 따랐는데 이번엔 냉면 그릇만 한 대접에 소주를 따르고 있었다.

소주 한 병이 더 들어간 저 대접은 게임을 하는 누구라도 부담스러울 양이었고, 자연스레 모두의 마음속에 벌칙자로 노해윤을 점찍는다.

'이번에 복학한 3학년 선배라고 했던가?'

난 게임의 진행자를 유심히 봤다. 꽤나 영악한 놈이다. 그리고 그가 노리는 바가 무엇인지 대략 알 것 같았다.

그는 노해윤을 부드러운 선배의 눈빛으로 보고 있었지만 술을 따르며 흘낏거리는 그의 눈은 늑대의 그것처럼 빛나고 있었다.

역시 이번에도 노해윤이 걸렸다.

"아잉~ 왜 자꾸 나만 걸려."

꽤나 귀여운 행동이다. 하지만 자신이 지금 무슨 행동을 했는지 술이 깨도 기억 못할 것이다.

"마셔라!"

"마셔라! 마셔라! 마셔라!"

진행자의 선창에 다시 집단의 광기에 빠져든다. 그 소리에 다시 대접을 들지만 이미 목구멍까지 차버린 술이 들어갈 리가 없다.

"아우~ 못 먹겠어요……."

대접을 입에서 떼는 노해윤.

"어! 원샷인데 술을 입에서 뗐다. 원래는 2밴데 조금만 더 따라주지."

보통 이런 경우 벌칙은 2배로 늘어난다. 말은 적게 따른다면서 진행자는 능숙하게 대접이 찰랑거릴 정도로 술을 따른다.

"못 마시면 흑기사 불러. 동기 사랑, 나라 사랑이라고 동기들 중 마셔줄 사람이 있겠지."

죽을 지경인 노해윤은 덥석 그 말을 받아 흑기사를 부른다.

"흑기사! 흑기사!"

남자들은 잠깐 고민을 한다. 많은 사람들 앞이라 대담한 소원은 못 빌겠지만 가볍게 안아달라는 수준의 소원 정도는 말할 수 있었다.

OT복에 새겨진 대한대학교 경영대학이라는 글씨가 심하게 휘어져 제대로 읽혀지지 않을 정도인 노해윤을 보면 고민을 안 할 수가 없을 것이다.

하지만 찰랑거리며 흔들리는 대접에 대부분이 기가 죽는다.

"저요!"

외국에 오래 살다 왔는지 발음이 이상한 친구가 호기롭게 나섰다.

"오오오오!"

학생들은 일제히 감탄사를 뱉으며 그 친구가 마시길 기대해 본다.

하지만 그는 실패했다. 반 정도 마시곤 화장실로 급하게 뛰어갔다.

대접은 다시 채워졌다. 이제 대부분의 동기들은 기가 죽어 나서지 않는다.

"그렇다면…"

"제가 마실게요. 동기 사랑, 나라 사랑!"

막 그 진행자가 나서려 할 때 내가 나섰다. 그리고 그가 말했던 동기 사랑, 나라 사랑을 외치며 순수한 의도임을 밝혔다.

학생들의 시선이 일제히 나에게 쏠렸고, 진행자는 살짝 인상을 찌푸린다.

"좀 많네요."

난 기가 질린 듯 말하고 술을 마시기 시작했다.

벌컥! 벌컥! 벌컥!

술을 많이 먹는 법은 간단했다. 술맛도 보지 말고 그저 목을 열고 위까지 그대로 들이부으면 끝이다. 대신 술이 약하다면 바로 화장실로 달려가 토해내야 취하지 않는다.

"후우우우~"

"우와!"

짝짝짝짝짝!

다 마신 대접을 들어 머리에 들어 뒤집자 함성과 함께 박수 소리가 들렸다.

"술 잘 마시는 후배네. 그럼 한 잔 더 해야지."

"한 잔 더요?"

"좀 전에 한 명이 실패했으니까 2배로 마셔야지."

"그러죠, 뭐. 이제야 술 좀 마신 것 같네요."

난 그의 말을 흔쾌히 받아들였다. 여기서 이러쿵저러쿵 해 봐야 술자리 분위기만 나빠질 뿐이었다.

대접은 다시 채워졌고, 금세 다시 비워졌다.

"크~ 쓰네요."

술을 마신 후 바닥에 떨어져 있는 새우맛 과자를 몇 개 집 어먹었다.

두 잔을 마시자 온 강당의 시선이 나를 향했다. 그리고 그 들 대부분은 감탄보다는 질린다는 얼굴을 하고 있었다.

"흑기사를 했으니 소원을 빌어야겠죠?"

"으, 응. 그렇지."

진행자는 떨떠름한 표정으로 마지못해 말한다.

"노해윤이 너무 많이 취한 것 같으니 바람 좀 쐬게 해주고 싫군요. 그런 눈들로 보지 마세요. 의심스러운 분은 따라와도 좋습니다."

난 노해윤을 데리고 밖으로 향했고, 선배들 중 두 명이 조심스럽게 날 따르고 있었다.

"오! 박무찬, 너 꽤 멋있던데. 헤헤헤."

비틀거리는 노해윤이 엄지를 세우며 헤헤거린다.

"정신 차려! 꼬맹이."

"뭐? 꼬맹이? 이 늙은이가 증말∼"

잡힐 듯 말 듯 거리를 유지하며 밖으로 나온 난 한 대 맞아주며 슬쩍 노해윤의 몸의 혈을 짚었다.

"우에에에에엑! 우에에에엑!"

화단에 신나게 토하는 모습에 고개를 돌리고 등을 쳐줬다. 위에 있는 모든 것이 나왔는지 노란 위액마저 뱉어낸다.

그런 그녀를 벤치에 앉혀놓고 조금 떨어진 곳에 가서 위 속에 보관 중이던 4병 가까운 소주를 토해버렸다.

"괜찮냐?"

"아… 니, 죽을… 것 같아."

"미련하긴. 선배님들!"

우리를 지켜보는 선배들을 불러 정신을 잃어가는 노해윤을 맡겼다.

간단한 지압으로 술을 깨게 하고 싶었지만 치한으로 오해받는 것은 사절이었다.

"이제부터 본격적으로 마셔볼까?"

오늘이 사람들과 친해지기 좋은 날이었다. 밤새 달려볼 생각이다.

*   *   *

"대준아, 어제 많이 마시던데 괜찮냐?"

"어… 응."

"영호야, 많이 먹어라."

"…그래, 너도."

"토니, 어제 너, 멋지더라."

"너도 멋졌어!"

"성근이 형. 오늘 저녁에도 한잔 해야죠?"

"괴물! 또 술 먹고 싶다는 얘기가 나오냐?"

……

난 밤새도록 술을 마시며 오리엔테이션에 온 248명의 이름을 모두 외웠다. 얼굴을 다 본 건 아니지만 방을 옮기며 마시다 보면 동기들 이름을 언급하는 이들이 꽤 됐기에 물어물어 모두 외운 것이다.

그래서 식당에 들어간 나는 얼굴을 본 수십 명의 이름을 부르며 일일이 인사를 했다.

물론, 그들이 나의 이름을 몰라도 상관없다. 곧 알게 될 테니.

일단 내가 노리는 건 과 대표였다. 귀찮은 일이긴 하지만 현재로서는 가장 빨리 내가 대학에 온 이유를 달성할 수 있는 자리였다.

밥을 먹고 커피를 마시며 사람들과 얘기를 나누다 적당히 빠져나왔다.

너무 설치면 싫어하는 사람이 생기게 마련이다.

"으~ 죽겠다."

피한다고 피한 곳에 하필이면 말똥구리가 굴려놓은 뭐처럼 웅크리고 있는 노해윤이 있었다. 그녀는 연신 끙끙 앓는 소리를 하고 있다.

"살아 있었네?"

"무찬이니? 나 죽겠다. 킁~"

"적당히 마시지. 남자들에게 둘러싸여 있으니 그렇게 좋던?"

"몰라. 기억이 하나도 안 나."

아기 같은 얼굴이 핼쑥해져 있으니 여간 불쌍해 보이지 않는다.

"밥은?"

"음식 냄새만 맡아도 토할 것 같아서 이리로 도망 온 거야."

"손 이리 줘봐."

"왜?"

"술 좀 깨게 해주려고 그런다. 싫으면 말고."

"효과 없으면 치한으로 신고할 거야."

어젠 그렇게 헤프게 웃더니 왜 나한테만 그리 인상을 쓰는지……

"좀 아플 거야."

타고난 손아귀 힘에 기를 더하니 이상이 있는 곳은 아플 수밖에 없었다.

"아아아! 좀 아플 거라며!"

"니 상태가 안 좋은 거야. 기다려 봐 곧 편안해질 테니."

아까운 기까지 팍팍 사용해 지압을 하자 곧 편안한 얼굴로 돌아오는 그녀다. 그리곤 왼손을 내민다.

"효과가 조금 있네. 여기도 해봐."

"휴~"

'한 표다, 한 표.'

국회의원들이 표를 얻기 위해 악수를 하듯이 난 표를 얻기 위해 지압을 한다.

"끝! 이제 가서 밥 먹어. 너무 많이 먹지 말고, 꼭꼭 씹어서 삼키고."

"넹, 아빠!"

"크윽!"

하마터면 사용한 기를 보충하다 주화입마에 빠질 뻔했다. 생긴 것처럼 정말 애는 애다.

"우리 아빠랑 비슷한 말을 해서 해본 말이야. 그리고 어제 밤에도, 오늘도 고마워."

"그래, 그래 어서 가라."

난 귀찮은 듯 그녀를 보내버리고 다음 사람이 오기를 기다렸다.

아까부터 나와 노해윤을 바라보고 있던 남자. 어젯밤 노해윤을 취하게 만든 진행자, 10학번인 지선율 선배였다.

"박무찬."

"어? 선율이 형. 식사는 하셨어요?"

"응. 너는 먹었냐?"

"네. 좀 전에 먹었어요."

난 나보다 어린 13학번 선배들에게도 형, 누나라고 불렀다. 나이가 많다고 선배라는 호칭으로 굳이 거리를 만들 필요가 없었다.

또한 적을 만들 이유는 더더욱 없었다.

"방금 해윤이가 뛰어가던데… 걔하고 친하냐?"

"면접 볼 때 보고, 이번 OT 오면서 봤는데 딱히 친하다고 하기엔 그러네요."

"그래?"

지선율은 약간 삐딱한 시선으로 날 본다.

"쟤 제 스타일이 아니에요. 왜 있잖아요. 길고 마른데 빵빵한 애들요."

"공부만 한 줄 알았는데 좀 논 모양이다?"

"놀기는요. 그냥 아가씨 있는 술집 몇 번 가본게 다일 뿐이에요. 형은 해윤이 스타일 좋아하세요?"

"나야, 뭐……. 한 달 전에 제대해서 다 예뻐 보이긴 하지."

"그래요? 그럼 좀 더 예쁘장한 애들을 만나야죠. 제가 미팅한 번 주선할게요, 형."

"진짜?"

남자들이 만나면 여자 얘기고 여자들이 만나면 남자 얘기다. 아무리 건전한 대화로 시작해도 마찬가지.

오죽했으면 언제 죽을지 모르는 섬에서조차 누가 예쁘다느니, 누가 몸매가 좋다느니 하는 여자 얘기를 했겠는가?

"물론이죠. 개학하고 바로 주선해 볼게요."

"그럼 나야 좋지. 원래 여자들은 1학년 때가 제일 안 예쁘거든. 그러다 2학년쯤 되면 180도 바뀌지. 그래서 1학년 때 될성부른 잎을 찾아야 돼."

"에이, 그냥 1학년 때도 예쁘고, 2학년 때는 더 예쁜 애들로 사귀면 되죠."

"하하하하! 듣고 보니 그러네?"

나와 지선율은 금세 친해져 벤치에 앉아 여자 얘기를 나눴다.

2박 3일간의 오리엔테이션은 성황리에 끝이 났다. 어제 밤에도 밤새도록 술을 마시며 별의별 얘기를 다 들었다.

248명의 정보는 더욱 풍성해졌는데, 누가 어떤 집안의 자녀이며, 어떻게 사는지, 형제자매가 몇인지 같은 내용이었다.

또한, 첫날 얼굴을 알린 덕분에 어제 진행된 행사의 사회까지 맡아 확실히 동기들에게 나를 각인시켰다.

즐겁지는 않았지만 꽤나 유익하게 보낸 시간이었다.

그리고 지금은 그저 누군가를 잊기 위해서라도 바쁘게 움직여야 했다.

*　　　*　　　*

신세호는 약혼녀인 서미혜에 대해 비서실장인 배정훈의 보고를 듣고 있었다.

"그럼, 그놈과 서미혜의 관계가 그저 단순히 한두 번 만난 사이다. 그 말인가?

"정황이 그렇습니다."

"그럼, 파파라치 놈들이 찍은 사진은 우연이다?"

"네. 현재로서는……."

자그마치 6개월 가까이 서미혜의 주변에 사람을 붙였다. 한데, 그저 행동이 수상하나는 점을 제외하곤 증거조차 찾지 못했다.

그러다 지난 달 서미혜와 있는 남자의 얼굴이 찍힌 사진을 파파라치가 구해왔다.

물론, 그동안 서미혜와 같이 있던 남자들은 수없이 많았다. 다만 그들은 회사 관계자들이거나 자신도 아는 이들이 대부분이었다.

유일하게 의심이 되는 남자와 찍힌 사진은 그게 유일한 것이었다.

신세호의 직감은 '그'가 서미혜의 남자라고 말해주었다. 그래서 깡패까지 동원해서 남자를 떼어내라고 배정후에게 지시했다.

한데, 깡패들도 그놈은 내연의 남자가 아닐 거라고 말했다 한다.

'그럼, 정말 남자가 없었단 말인가?'

신세호는 자신의 생각에 의문을 던져본다.

사실 내연녀나 내연남은 그들의 세계에서는 흔한 일이었고, 딱히 흠이 되는 일도 아니었다.

처음엔 '내 건 안 돼'라는 생각 때문에 시작한 일이었다. 하지만 지금은 상처 난 자존심 때문에 오기로 계속하고 있었다.

"서미혜는?"

"평소와 다를 바가 없습니다. 다만 일이 바쁜지 회사에서 살다시피 하고 있답니다."

"놈은?"

"대학 오리엔테이션에 참석하고 집으로 돌아왔습니다."

"어디 대학이지?"

"대한대학교 경영대학에 올해 입학했습니다."

"비서실장의 후배가 되나?"

"…그렇게 되었습니다."

집안도 나쁘지 않고, 유산을 받기 전인 자신보다 재산도 많고, 머리도 좋은 놈이 뭐가 아쉬워 서미혜를 만났을까?

스스로에 대한 질문에도 놈은 내연남은 아니었다.

"사장님."

"으, 응?"

"외람된 말씀입니다만, 결혼식이 이제 2개월 남짓 남았습니다. 지금 데리고 계신 애들을 정리하시는 것이……."

"해야지. 안 그래도 집에서도 난리야. 이번 달까지 정리할 테니 비서실장이 좀 도와줘. 애들이 도통 떨어질 생각을 안 한다 말이야."

"알겠습니다. 그리고 이참에 서미혜 님의 일도 정리하시는 게 좋을 것 같습니다. 오랫동안 감시하고 있다는 것이 혹시 귀에 들어가면 위험할 수도 있습니다."

"음……."

내연녀보다 더 최악인 게 상내방에 대한 감시였다. 은밀하다면 모를까 이미 상당한 시간을 해오고 있었기에 배정후의 말처럼 꽤 위험했다.

"모두 철수시켜. 입단속 잘 시키고."

"좋은 결정이십니다."

회사 일에, 서미혜의 뒷조사를 지시하느라 꽤 지쳐 있던 배정후는 고개를 숙이며 안도의 표정을 짓는다.

"배 실장."

"네, 사장님."

"나도 이성적으로 생각하면 놈이 서미혜의 내연남이 아니라고 생각해. 한데 말이야. 내 감은 그놈이 맞는다고 말해. 분명 그놈이 내연남이 맞아."

배정후는 신세호의 행동에 속으로 한숨이 나왔다.

서미혜와 박무찬의 모든 것을 보고 받았던 그도 증거는 없지만 박무찬이 그녀의 내연남이라고 확신하고 있었다.

Jardin이라는 유명한 뚜쟁이가 있는 레스토랑에서 그들이 만났을 가능성이 높았다. 사진을 확보한 후, 그가 그곳에서 일했다는 사실을 확인했다.

그리고 감시가 시작되기 전 그들의 관계가 끝이 났을 것이라는 게 그의 짐작이었다. 그게 아니라면 십여 명이 6개월간 감시했음에도 증거를 찾지 못했다는 걸 설명할 길이 없었다.

하지만 증거가 있다고 치더라도 그의 입장에선 이 일은 덮어야 했다.

그가 모시는 신세호는 흥산그룹의 후계자 싸움에서 진즉

에 떨어져 나간 상태였고, 그룹 회장의 성정을 잘 알고 있는 그의 생각엔 신세호가 물려받을 수 있는 건 지금 사장으로 있는 홍산유통과 홍산리조트 정도가 다였다.

그럼 그가 바라는 사장 자리는 요원한 일이었다.

서미혜는 똑똑한 여자였다. 그리고 홍산그룹과 비교가 되지 않는 미지그룹의 계열사를 최소 3~4개는 유산으로 받을 여자였다.

물론, 그들이 결혼한다고 해도 이혼을 하지 않으리라는 보장은 없었다.

하지만 둘을 결혼시키기 위해선 어느 정도 균형을 맞춰야 하는데 홍산그룹에서는 신세호에게 유통과 리조트뿐만 아니라 2개 정도의 계열사를 더 챙겨줄 수밖에 없었다.

배정후는 침을 삼키며 생각을 정리한 후 말을 했다.

"말하는 바는 알겠습니다. 박무찬 그자가 사장님 말씀처럼 내연남일지도 모릅니다. 하지만 지금은 잊으셔야 합니다. 만일 그자가 자신이 폭행당한 사실을 떠들기 시작하면 우리가 감시했던 사실이 밝혀질 테고 그렇게 되면 결혼이 깨질지도 모릅니다."

"알아, 나도 안다고! 빌어먹을. 그래도 난 그놈이 피눈물을 흘리는 걸 보고 싶단 말이야. 안 그러면 내가 미쳐 버릴 것 같다고."

신세호는 분에 못 이기는 듯 책상을 쾅쾅 쳤다.

그리고 한참을 씩씩거리더니 눈을 감고 말을 했다.

"굳이 적의 목을 벨 필요는 없지."

"무슨 말씀이신지?"

"그자의 집안에서 하는 회사 이름이 뭐라고 했지?"

"대양건설이라는 중견 기업입니다."

"대양에 대해 자세히 알아봐."

"알겠습니다."

신세호가 얘기한 바를 정확히 깨달은 배정후는 고개를 숙였다. 아무리 망나니처럼 생활하는 신세호였지만 완전히 머리가 없진 않다고 그는 생각했다.

8장

커플 깨뜨리기

　하루의 패션매장 그래이스풀로 들어서자 예전과는 사뭇
달라져 있었다.

　좀 더 개방적으로 바뀌었다고 해야 할지, 더 편안해졌다고
해야 할지 모르지만 손님의 수를 보니 긍정적인 변화로 보였
다.

　"오랜만이네."

　책상에 앉아 있다가 일어서는 하루는 이제 예전의 모습은
거의 없었다. 선천적인 섹시함은 완전히 숨길 수 없었지만 옅
은 화장에 부드러운 인상이 청초하기까지 하다.

　"이야~ 이거, 밖에서 보면 몰라보겠는데?"

"너도 마찬가지야. 마치 다크에서 화이트로 바뀐 것 같아. 무슨 일 있었어?"

"다크한 남자는 인기가 없잖아?"

"무슨 소리. 다크야말로 심장을 뛰게 하는 설렘 같은 게 있어."

"아~ 네. 다크한 남자와 잘해보세요."

"그래도 사귈 때는 화이트가 좋지."

가볍게 인사를 한 우리는 자리에 앉았다. 그리고 난 이곳에 온 목적을 말했다.

"사진 속에 이 남자와 관계를 맺었던 애들이 누가 있는지 알아봐 줘."

하루에게 스마트폰에 있는 사진을 보여줬다.

"누군데?"

"신수호라고… 나와 악연이 있는 놈이지."

"불쌍한 놈이네. 하필 너랑 악연을 만들다니. 한데 뭐하려고?"

하루는 '왜 당장 죽이지 않느냐고' 돌려서 묻는다.

더 큰 고통을 주기 위해서라는 말을 삼키고 말을 이었다.

"그냥. 정찬구와 삼촌, 조카 하던 사이니까 분명 몇 번 여자를 붙여줬을 거야. 내 생각은 그게 VVIP 클럽의 아가씨들이 아닐까 생각해."

"그럴 수 있겠다. 사진 나한테 보내줘."

하루의 스마트폰으로 사진을 보내자 그녀는 다시 그 사진을 아가씨들에 보낸다.

"지금 자는 애들도 많아서 연락이 늦을 수도 있어. 하지만 신수호 애랑 잔 애들이 그만두지 않았다면 금방 찾을 수 있을 테니 조금만 기다려."

"그만둔 사람이 많아?"

"조금. 금 사장이 할 때보다 강제력이 약하기도 하지만 나가겠다고 하면 나도 굳이 말리지 않거든."

"오! 착한 사장님인 걸."

"착한 게 아니라 요즘은 우리 클럽에 오고 싶어 하는 아가씨들이 넘쳐."

"그 정도야?"

"불경기잖아. 자신의 분수도 모르고 사채를 썼다가 이 바닥으로 넘어오는 애들이 부지기수야. 아니면 가정 형편 때문에 사채를 쓰는 경우도 있고. 그러다 사채 빚을 못 갚는 이들이 생기면 삼영파에서 연락이 와. 내가 가서 심사를 하고 그들을 데려오는 거야."

우니의 생각이 나 자연스럽게 인상을 썼는지 하루가 얼른 말을 덧붙인다.

"이 일에 강제성이 완전히 없다면 거짓이겠지만 개인의 의사를 존중해. 삼영파도 불법 사채업자들과는 다르고. 특히, 우리 클럽 일은 강제성이 있으면 절대 못하는 일이야. 그리고 지난번 유라 일을 겪고 난 다음엔 기둥서방이 있는 애들은 무조건 퇴출이야."

"이해했으니까 눈치 보지 마. 내가 미안하잖아."

"휴우~ 화이트는 겉모습일 뿐이구나."

나도 모르게 발산된 기운에 잔뜩 긴장하고 있던 하루는 너스레를 떤다.

"그래서, 장사는 잘 돼?"

"매달 들어가는 이익금도 확인 안하는 거야?"

"아직까지 쓸데가 없어서 몇 달간 확인도 못해봤다."

"인원이 늘면서 두 달 전부터 50%로 정도 수익이 늘었어."

"이야~ 완전 기업이네?"

"그 정도까지야……. 근데 모아둔 돈 좀 있어?"

하루는 마치 누가 옆에서 듣기라도 하는지 가까이 다가와 속삭인다.

"얼마나? 이곳과 플레져에서 나오는 돈이야 그대로 통장에 있고, 내 나름대로 모아둔 돈도 있지."

"정말? 얼마나 되는데?"

계산은 삼촌의 몫이다. 그저 내가 하는 일이라곤 카드와 필요할 때마다 현금을 사용하는 게 다였다.

"몰라. 얼마나 필요한데?"

"있잖아. 우리 클럽 은정이가 만나는 손님 중에 증권가에서 꽤 잘나가는 사람이 있어. 근데 그 사람이 은정이에게 용돈이라도 하라고 정보를 준 모양인데 그걸로 은정이가 꽤 많은 돈을 벌었나봐. 이번에 다시 만나 새로운 정보를 줬는데 은정이 그 계집애가 신이 나서 말하더라."

"그래서 은정이라는 아가씨가 말한 그곳에 투자를 하겠다고?"

"응. 나만 몰래 할까 했는데 너한테 도움 받은 것도 있어서 알려주는 거야. 대략 한 구좌에 1억쯤 되는데 수익률이 최소 5배는 넘는다더라."

"그래서 투자는 했어?"

"아직. 매장 리모델링하고 물건 사느라 수중에 남은 게 10억쯤인데 그것도 부동산에 물려 있어서 지금 처리중이야. 불경기라 잘 안 나가네. 여유 있으면 내 부동산 네가 좀 사주라."

"다행이네. 혹시 투자한 사람 있으면 얼른 빼라고 말해. 이건 100%로 사기야."

"뭐?"

"사기라고. 설령 사기가 아니라고 해도 절대 투자를 해서는 안 되는 곳이야. 고위험, 고배당이라고 해서 위험성이 그만큼 크다는 소리니까."

"내가 알아봤어. 그 땅이 개발되면……."

"개발 안 되면? 넌 쓰레기 땅을 사게 되는 거야. 그리고 그 중요한 정보가 왜 너한테까지 왔는지 생각도 안하는 거야? 은

정이 개한테도 투자한 거 빨리 빼라고 그래. 안 되면 삼영파에 얘기해서라도 그놈들 족치고."

물론, 사기가 아닐 수도 있었다.

하지만 그 땅에 대해 태어나서 처음 듣고 부동산 투자에 대해 아무것도 모르는 나에게 정보가 왔다는 자체부터 의심을 해야 했다.

비싼 정보는 결코 허술하게 돌아다니지 않는다.

"하지만 미지건설에서 그곳에 관광 타운을 개발한다고…"

"미지건설 관계자에게 직접 들은 게 아니면 포기해. 그리고 미지건설이 바보들 집합소냐? 이미 땅값 다 오른 그곳에 건설을 하게. 또한, 백 번 양보해서 땅을 매입한다고 치자. 그럼, 넌 그 땅을 얼마에 팔래?"

"그야, 최대한 비싸게……."

"그래. 그 땅의 주인들이 몇 명이나 될까? 그 많은 사람을 설득하며 땅을 살 수가 있을까? 나 같으면 끝까지 안 팔아. 안 팔수록 비싸질 테니까. 네가 개발사 입장이라면 그 땅을 굳이 살래?"

이미 욕심에 눈이 먼 사람은 어떤 말을 해도 믿지 않으려 한다.

다행인 것은 하루가 그곳에 투자를 한 것도 아니었고, 그 정도로 바보는 아니라는 점이다.

하루는 다시 스마트폰을 잡고 '톡톡톡'을 이용해 단체 문자 메시지를 보낸다.

이미 VVIP 클럽 아가씨들은 다 아는 얘기를 하루도 나에게 해준 것이다.

난 진명환에게 전화를 걸었다.

"진 사장님, 저 위준입니다. 잘 지내시죠?"

─동생, 형이라고 부르라니까. 다른 사람에게는 사장님 소리 들어도 자네에겐 형이라는 소리를 듣고 싶구만.

"한 가지 부탁이 있어서 전화 드렸어요."

─동생의 부탁을 거절 할 수 없지. 그래, 무슨 일인가?

난 하루에게 들은 얘기를 설명하자 진명환은 당장 처리하겠다고 약속을 한다.

─그곳만 찾지 말고 간혹 술 한잔하러 오게.

"알았어요. 조만간 감사 인사 드리러 가겠습니다."

전화를 끊자 하루는 안도의 한숨을 내쉬고 있었다.

"너한테 얘기 안했으면 큰일 날 뻔했다."

"큰일은, 그냥 돈 날리고 인생 공부했다 치면 되지. 몇 명이나 투자했어?"

"스무 명. 다행히 한 구좌씩만 했나봐. 그리고 신수호 알고 있는 애가 두 명이네."

"내가 잠깐 볼 수 있을까?"

"둘 다?"

"아니, 한 명이면 돼. 이왕이면 더 예쁜 애로."

"그럼, 유라에게 연락할게."

"내가 아는 그 유라?"

"응. 한 시간 뒤에 이쪽으로 오라고 그랬어."

인연이 참 희한하게 이어진다.

"한 시간 동안 뭘 할까나……"

스마트폰을 놓고 은근히 콧소리를 내면서 옆자리에 붙는 하루다.

"나 돈 없다."

"피이~ 거짓말. 그리고 이제 난 영업 안하는 거 알잖아. 그냥 엔조이 하자는 거지."

"……!"

갑자기 다가오는 하루의 손길을 피하지 못했다. 아니, 피하지 않았다.

"여기서?"

"사무실에서는 처음이야?"

누군가가 생각나 대답은 하지 않았다. 하지만 하루는 처음이라고 생각했는지 빙긋 웃으며 다가온다.

청순하게 바뀐 줄 알았더니… 여전히 요녀였다.

유라는 사무실에 들어오자마자 살짝 인상을 찌푸리며 하루에게 말을 쏟아낸다.

"이년아! 친구를 불러놓고 대낮에… 그것도 사무실에서 그

짓이 하고 싶니? 그리고 했으면 환기라도……."

"흠! 흠! 잘 지냈어요?"

더 듣고 있다간 무슨 소리가 더 나올지 몰라 헛기침을 하며 나섰다.

"어머! …안녕하세요."

참 어색한 순간이다. 하루를 봤더니 혀를 살짝 깨물며 애교를 부리곤 책상에 앉아 거울을 보며 화장과 옷매무시를 만진다.

"미, 미안해요. 하루만 있는 줄 알고……."

"아니에요. 말마따나 저의 잘못이죠. 제가 유라 씨에게 할 말이 있어 불렀습니다."

이럴 때 일수록 가만히 있으면 더 말하기가 힘들 것이라 생각하고 말을 이었다.

"아까 하루가 보낸 사진 속 인물을 알고 있다고요?"

"네. 작년 9월인가, 10월쯤에 미네르바 호텔에서 본 적이 있어요. 매너도 괜찮고, 서비스 차원에서 간 건데 돈도 좀 주더라고요."

"혹시 얘기나 행동 중에 기억나는 건 없나요?"

"무슨 얘긴지?"

"다시 만나자거나 좋았다든지 그런 얘기요."

"얘기는 없었어요. 하지만 제 입으로 이런 말하긴 그렇지만 굉장히 만족해 하는 얼굴이었어요."

"유라는 우리 클럽에서도 소문난 애예요. 웬만한 남자는 순식간에 녹아……."

하루가 얘기 도중 끼어들어 칭찬(?)을 했지만 분위기만 이상하게 만들었다.

"근데, 왜 그런 건 묻는 거죠?"

"솔직히 말하죠. 난 유라 씨가 그 남자를 유혹해 줬으면 좋겠어요."

"그야 어렵진 않지만……."

"지금 이대로는 안 돼요. 혹시 연예계에 관심 있어요?"

"유혹을 위해 연예계까지 들어가야 하나요? 뭐, 솔직히 관심은 있어요. 그때 그 일 이후론 이 생활에 염증을 느끼거든요. 빚도 다 갚았고, 며칠 전에 캐스팅 제의도 받아서 고민도 했거든요."

연예계에 들어갈 때까지 밀어줄 생각이었는데 제의를 받았다니, 일이 훨씬 수월하게 풀리는 것 같아 기분이 좋아졌다.

"하지만 거절할 생각이었어요."

"왜요?"

"절 구할 때 상황 기억하시죠?"

"네. 어떤 호스트 때문에 그렇게 되었다고 들었어요."

"맞아요. 한데 그 새끼가 여전히 지저분하게 굴거든요."

"그 새끼가 글쎄 틈틈이 유라와 관계하는 동영상을 찍어뒀

나봐. 그래서 그 동영상으로 계속 협박을 하고 있어."

다시 끼어드는 하루.

"삼영파에서는 뭐래?"

"아직 말도 못했지. 깡패 동원하면 동네에 다 뿌려 버린다고 협박도 했대."

"모두 사실이에요?"

"네. 그래서 연예계에 가고 싶어도 갈 수가 없어요."

"좋아요. 그 동영상은 내가 책임지죠. 그럼 날 도와줄 수 있습니까?"

"유혹이 전부는 아닌 것 같군요."

"네. 두 사람이 함께 있는 사진이 몇 장 필요하죠. 물론, 개인적으로 이용만 할 겁니다. 절대 대중에게 퍼질 일은 없을 거예요."

"제 목숨까지 구해준 분의 말이니 믿어야죠."

"그렇게 말해주니 고맙네요. 일단 TV에 얼굴이 비치고 어느 정도 유명세를 탈 때까지 생활비를 드리죠. 그리고 하루가 의상을 제공할 겁니다."

"나도 좋아! 협찬 팍팍 해줄게."

"다른 건 필요 없어요. 어느 정도 인기가 올라갈 때 까진 이 일과 병행할 테니까요. 그 자식만 확실히 해결해 주세요."

"그러죠."

이렇게 신수호와 이다혜를 갈라놓기 위한 작전이 시작되

었다.

*　　　*　　　*

호스트도 하나의 직업이다.

일부 사람들은 그들을 비난하겠지만 극한 직업에 속하는 직군이다.

물론, 나 역시 그들과 유사한 일을 했기에 약간의 사심은 들어가 있다.

단지 그들은 돈을 원하고, 난 인간으로서의 감정과 살아 있음을 원했다는 차이가 있을 뿐이었다.

쇠뿔도 단김에 빼랬다고 유라에게 박용운의 정보를 듣고 집에 들어가 우니를 재운 후, 그가 일하는 호스트바를 찾아왔다.

새벽 2시가 넘었음에도 불야성이긴 플레져나 이곳이나 마찬가지.

여자 손님을 배웅하고 건물 옆 구석에서 보약을 먹는 이들도 제법 되었다.

"씨바! 이 짓도 이제 그만 둬야 하는데. 쩝!"

"지랄도 풍년이다. 그만두면 편의점에서 일할래?"

"그러게 그건 싫다. 대학 등록금 마련한다고 왔다가 남은 거라곤 이게 다다. 킥킥킥!"

"큭큭큭큭! 나도 마찬가지다."

한 녀석이 자신의 하초를 붙잡으며 농을 하자, 같이 담배를 피던 녀석이 재미있다고 죽어라 웃고는 안으로 들어간다.

박용운을 본 건 새벽 4시가 넘어서였다. 잘생긴 얼굴에 쭉 뻗은 몸매가 모델 급이다.

"저, 이대로 퇴근할게요."

술 취한 여자를 끌어안은 그는 앞에서 기도를 보는 웨이터들에게 얘기를 한 후 쭉 서 있는 택시 중 한 대에 올라탄다.

나도 뒤에 있는 택시를 타고 말했다.

"저 앞에 차 쫓아주세요."

"엄마? 애인?"

나이 지긋한 택시 아저씨는 나의 행동이 무척이나 익숙한 듯 묻는다.

"애인이요."

"오늘 곡소리 나겠구먼."

택시를 쫓는 아저씨의 다 안다는 듯 씨익 웃고는 앞의 택시를 쫓는다.

"내가 이곳에서 제법 있어봐서 아는데 주먹은 함부로 쓰지 말아요. 혹시 쓰게 되더라도 여자 친구만 때리는 게 좋아. 호스트 애들 잘못 때리면 깡패 애들이 찾아갈 거요."

"네."

내가 순순히 대답을 해서 그런가, 백미러로 날 흘낏 보던 아저씨는 조심스레 다시 말을 잇는다.

"잘생긴 청년이구만. 기분 나쁘라고 하는 말 아니니까 잘 들어요. 결혼할 상대가 아니라 그냥 사귀는 여자면 헤어져요. 호스트에게 빠지면 자기 몸 망가지는 줄 모르고 빠져드는 아가씨가 부지기수요. 자신만 망가지면 다행이지, 집안 거덜 난 것도 내 여럿 봤지."

"그 정도인가요?"

"도박하는 여자와 바람난 여자는 잡지 말라는 옛말, 틀린 거 하나 없어. 말리면 더 확하고 불타는 게 여자들이지. 저, 저런! 모텔로 들어가는군."

택시는 모텔 앞에 섰고, 박용운은 그곳으로 들어간다.

"내릴 텐가……?"

"몇 시간 걸릴까요?"

"그야 나도 모르지. 보통 2시간 정도 걸리고, 어떤 때는 12시가 다 되어서야 나올 때도 있지."

잠깐 고민을 했다. 무작정 밖에서 기다리자니 꽤나 짜증스러웠고 택시 아저씨도 은근히 택시에서 기다리라는 눈치다.

"일단 미터기 켜고 기다려 보죠."

"잘 생각했어. 아직 날씨도 추운데 밖에서 기다려 봐야 고생이지. 그리고 미터기는 꺼놓을 테니까 나오는 시간 봐서 적당히 주게."

"그러죠. 바로 나오진 않을 테니 저기 편의점에 가서 요기라도 하실래요?"

"안 그래도 출출한데 그럽시다~"

아저씨랑 편의점에 가서 간단히 요기도 하고 누가 살까 싶었던 잡지도 사서 숨은 그림 찾기도 했지만 도통 나올 줄 모른다.

"꽤 오래 걸리네요?"

"하아아암~ 쩝! 남자는 금방 끝나지만 여자는 은근하잖나. 아무리 보약을 먹는다 하지만 대단한 놈들이야."

박용운은 7시가 다 되서야 여자와 모텔을 나왔고, 각자 다시 택시를 타고 어디론가 향한다.

"남자를 쫓아요."

"왜? 내가 말했잖아. 저놈들 건드리면 안 된다고."

"걱정 마세요. 그냥 충고만 할 거예요."

몇 시간 동안 같이 있었다고 어느새 정이 들었는지 아저씨는 '안 되는데'를 계속 중얼거리며 운전을 한다.

"고생하셨어요."

난 시간당 10만 원씩을 계산해 주었다.

"이거 너무 많은데. 20만 원이면 충분해. 이건 가져가."

"아니에요. 문이 닫히면 오늘은 퇴근하세요. 그리고 오늘 전 못 본 겁니다. 제 얼굴 기억도 안 날 거예요. 아셨죠?"

"그래……."

내가 택시 문을 쾅하고 닫자 잠시 어리둥절하던 아저씨는 곧 차를 몰고 가버린다.

박용운이 사는 곳은 7층 건물의 오피스텔이었다. 복도의 등과 창문에 비치는 불빛을 보니 3층 맨 오른쪽 방을 사용하고 있었다.

난 오가는 사람들의 눈을 피해 벽을 타고 3층으로 올라갔다. 닫혀 있는 창문을 강한 힘으로 밀자 힘없이 고리가 떨어지며 열린다.

"누, 누구……? 컥!"

화장실에 들어갔다 나오던 박용운은 날 보고 놀라 소리치려다 복부를 맞고 앞으로 꼬꾸라진다. 아마 비명 지를 힘도 없을 것이다.

"섹스에 만족을 못하고 사진이나 동영상을 찍는다는 소문이 있더군. 줘!"

"다, 당신 누구야?"

"답이 틀렸어. 그냥 내가 찾지. 대신 그냥 기다리면 심심하겠지?"

"……!"

난 그의 아혈을 찍고 근육이 줄어드는 요혈을 눌렀다.

비명을 못 질렀지만 표정만으로도 충분히 고통스러워 보였다.

하지만 난 그런 그를 신경 쓰지 않고 일단 호주머니를 뒤져 2개의 스마트폰을 꺼냈다.

하나는 깔끔했지만 다른 하나에는 각종 사진과 동영상이 들어 있다. 조금 전 헤어졌던 여자의 잠든 채 벌거벗은 모습도 가장 위에 여러 장 찍혀 있었다.

"꽤나 고상한 취미네. 내가 찾는 게 여기 있는지 천천히 찾아볼 테니 버티고 있어."

나는 일일이 뒤져보다 없음을 확인하곤 스마트폰을 움켜쥐었다. 가죽 장갑을 낀 손위에서 가루처럼 부서진다. 난 그걸 화장실 변기에 넣고 물을 내렸다.

"자, 다시 묻는다. 이번엔 제대로 얘기하지 않으면 저기 있는 컴퓨터를 살펴볼 거야. 폴더 하나하나를 다 뒤지면 10분이 넘겠지? 그럼 네 뼈는 방금 전 스마트폰처럼 될 거야."

난 요혈을 풀고 잠시 사이를 두고 아혈을 풀었다.

"…크아아악! 하악! 하악! 노, 노트북에 있습니다."

"좋아. 이번엔 좀 약한 걸로 가자. 몸이 아주 서서히 뒤틀릴 거야. 한 30분이면 꽉 짠 빨래처럼 돼버려. 파일을 모두 봐야 하니 시간이 없겠지? 그러니 네가 직접 해. 시작!"

난 다시 다른 혈들을 눌렀고, 공포에 질린 박용운은 기다시피 가서 노트북을 켰다.

"빨리, 빨리……."

세상에서 가장 느린 부팅 속도를 경험하는 중일 것이다.

컴퓨터가 켜지자 빠른 속도로 파일을 실행시킨다.

"다음, 다음."

많기도 많았다. 서서히 뒤틀림을 느끼는지 파일을 열다가 날 붙잡고 빈다.

"제발! 제발! 모든 걸 말하고 동영상과 파일을 지우겠습니다. 그, 그러니… 으! 제 몸에 가한… 이, 이것을 풀어주세요. 흑! 제발요."

"믿어 볼까? 협조가 미비하거나 도망치려는 의도가 보이면 처음 걸로 한다."

난 그에게 걸린 고문법을 모두 풀었다.

그리고 동영상은 1분씩만 보며 빠르게 모든 파일을 확인했다. 그중에 유라의 동영상과 사진도 있었다.

"다 됐습니다."

"이게 다야?"

"무, 물론입니다. 아, 아닙니다."

"있다는 거야? 없다는 거야?"

사실 지금 상태에서 최면을 이용하면 금방 알 수 있다.

하지만 박용운을 죽일 생각이 없었기에 혹독하게 다뤄야 했다.

"그게… 아니, 말하겠습니다. 저기 옷장에 CD와 외장하드가 있습니다."

"카피본? 아니면 다른 여자들의 것?"

"…반반입니다."

옷장을 여니 수백 장의 CD와 3개의 외장하드가 보인다.

후다닥!

옷장을 열고 내가 허리를 굽히는 순간, 내게 받은 고통과 살아야겠다는 의지에서 갈등하던 박용운은 후자를 선택하고 몸을 움직였다.

휘익! 휘익! 휘익! 휘익! 턱! 턱! 턱! 턱!

"……!"

4장의 CD가 날아가 철문에 꽂혔고, 그는 얼어버린 채 천천히 날 돌아본다.

"다음 발자국은 아킬레스건, 그 다음은 양 무릎, 그 다음은 목이야. 도망가, 그리고 비명을 질러. 그게 아니라면 이쪽으로 와."

"자, 잘못했습니다. 제가 미, 미쳤나 봅니다. 죽을 것 같다는 생각에 그만… 흑! 제발 그 고통은, 제발!"

잘생긴 얼굴이 엉망이 된 채로 정말 잘못했다는 듯 운다.

그러나 처음 겪은 고통이 약했다는 소리다. 언제든지 자신의 생각이 바뀔 수 있다는 소리다. 난 다시 요혈과 아혈을 찍었다.

"딱 9분만 버텨."

난 그 말을 하고 CD를 부수기 시작했다.

작은 파편으로 변한 CD는 변기통으로 빨려 사라졌다. 이번 달 상수도세가 꽤 나올 것 같다.

3.5인치 하드디스크는 내 악력에도 살짝 손자국만 날 뿐

부서지지 않는다.

하드디스크는 호주머니에 챙겼다. 그리고 노트북을 강제로 뜯어 하드디스크 역시 분리해 챙겼다.

고통에 눈의 핏줄이 터져 피눈물을 흘리는 박용운의 요혈을 풀어줬다. 지금 아혈을 풀어주면 아마 목이 찢어져라 비명을 지를 것이다.

"이제 마지막이야. 대답은 고개를 끄덕이는 걸로 대신하지. 난 당신을 죽이려는 게 아니니 이번에만 잘 대답하면 편히 잘 수 있을 거야."

끄덕끄덕!

박용운은 고개 끄덕이는 것만 할 수 있는 사람처럼 계속 고개를 끄덕인다.

"난 당신이 이 동영상과 사진을 혼자 봤다고 생각할 수 없어. 사람은 자신이 가질 걸 자랑하고 싶어 하니까. 자, 누구에게 보여준 적 있나?"

끄덕끄덕!

찰나의 고민이 보였지만 그래도 똑바로 대답한다.

"보게 되면 가지고 싶어지는 게 사람 심리지. 누구에게 파일을 카피해줬거나 보내준 적 있나?"

절레절레!

"잘 생각해봐. 그것도 아니면 네가 싫어하는 사람 이름을 대도 좋아. 네가 받은 고통을 그 사람에게도 줄 수 있다. 짜릿

하잖아? 누구에겐가 준 적 있나?"

난 그의 아혈을 풀어주었다.

"절대 아닙니다! 이것들은 저, 저의… 보물들이라 단 한 번
도 누구에게 준 적이 없습니다. 미, 믿어주세요."

사실이었다.

나의 눈을 피해 반쯤 최면에 걸린 채, 거짓을 말할 수 있다
면 그건 인정할 만한 사람이라 용서해줄 용의도 있었다.

"이제 졸리지? 자. 힘든 하루야. 그리고 앞으로 남성이 여
체를 봐도 서지 않을 거야. 그러니 열심히 공부하거나 일을
해. 그러다 당신이 '결혼'을 생각나게 만드는 여자를 만나게
되면 살아날 거야. 다 잊어. 동영상도, 사진도, 나에게 받은
고통도, 지금 있었던 일도. 그럼 잘 자."

마지막에 어느 라디오 DJ를 따라했는데 내가 했음에도 닭
살이 인다.

그나마 다행인 건 방금까지 고통에 일그러져 있던 얼굴이
편안해졌다는 것이다.

집 안에서 나의 흔적을 지우고 창문을 통해 다시 거리로 나
왔다.

활기차게 직장으로 향하는 사람들.

"헉! 맞다!"

내가 깜짝 놀라 소리치자 길을 가던 이들도 덩달아 놀라며
슬글 슬금 내 주위를 피하며 힐끔거린다.

잊고 있던 게 기억이 났다. 등교 첫날!

우니와 함께 차를 타고 같이 가기로 했는데……

지금 시간 8시. 오늘부터 등굔데 집에 들렀다 가면 아무래도 지각이다.

때마침 우니의 전화가 온다.

받자마자 말없이 외박을 했다고 한참을 뭐라 한다. 하지만 걱정스러운 목소리마저 감추지는 못했다.

"미안해. 사정은 나중에 말할게. 네가 운전해서 바로 학교로 가. 나도 바로 갈 테니."

전화를 끊고 택시를 탔고 목적지를 말했다.

아무래도 오늘 두 손이 발이 되도록 우니에게 빌어야 할 것 같다.

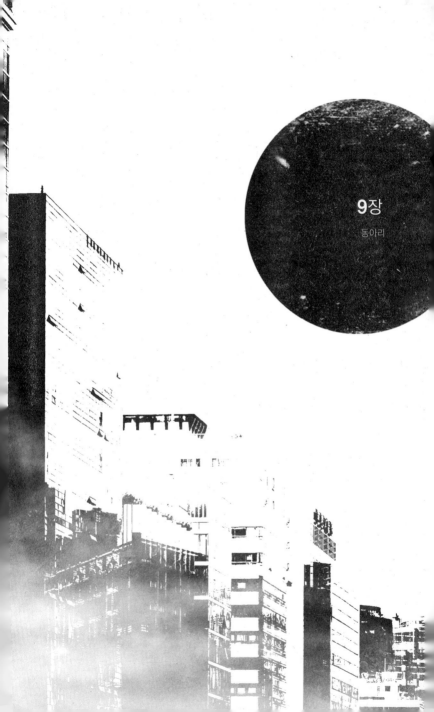

9장

동아리

대학 생활이 시작되었다. 그리고 내가 바라던 246명에 이르는 신입생들을 대표하는 과 대표로 선출되었다.

할 일은 많았다.

일단, 한꺼번에 수업을 받을 수 없어 3개의 반으로 나눠진 학생을 컨트롤하기 위해 2개의 반에 반장 격으로 날 도와줄 두 사람을 뽑았다.

둘 다 재수생으로, 과대표를 하면서 나오는 장학금을 반씩 나눠주기로 하고 도움을 요청했다.

또한, 매일이다시피 일어나는 술자리에 빠지지 않고 참석했다.

겨울방학 동안 우니에게 운전면허를 따게 만든 건 정말이지 탁월한 선택이었다. 물론, 차신이 대리운전 기사냐며 매일같이 투덜대긴 했다.

전공과목인 경영학원론 수업이 끝나고, 한가해진 시간을 이용해 경영대학에 있는 동아리실로 향했다.

"야, 박무찬! 어디가?"

과 동기 여학생들과 어디론가 향하던 노해윤이 날 보곤 손을 흔든다.

"동아리에 가입하려고."

"어떤 동아리?"

"돌아봐야지."

이미 가입할 동아리는 두 개로 좁혀져 있었다. 오늘 두 곳모두 방문해 보고 결정할 생각이다. 하지만 노해윤에게 정확히 말하지 않았다.

나의 착각인지 모르지만 은근히 나를 쫓아다닌다.

사실 경영대학 남자들 사이에서 노해윤의 인기는 날이 갈수록 높아졌다. 겨울 날씨가 조금씩 풀리면서 옷은 점차 얇아졌고, 그럴수록 노해윤의 몸매는 눈에 띄어갔다.

물론, 그럴수록 노해윤의 어깨가 점점 움츠려드는 건 어쩔수 없었지만 말이다.

"나도 돌아볼 생각은 했는데 잘됐다. 같이 가자."

"…애들과 카페에 가는 거 아니었어?"

마스코트는 마스코트로 남아야 한다.

괜스레 독점하려 들다간 지금 쌓고 있고 이미지가 무너질 수도 있다.

그래서 은근히 친구들과 가서 커피나 마시라고 떠밀었다.

"금방 둘러보고 합류하면 돼. 아니다, 너희들도 같이 갈래?"

"괜찮아. 우리는 이 앞 카페테리아에서 기다리고 있을 테니 천천히 와."

의리 없는 것들. 친구를 버리고 가면서 그렇게 웃는 이유가 뭐냐?

별수 없이 노해윤과 함께 동아리실을 갈 수밖에 없었다.

엘리베이터보다 계단이 편했기에 계단 쪽으로 향했다.

"……"

뭔가 할 말이 있어 보였던 노해윤은 아무 말 없이 다시 어깨를 움츠리고 따라온다.

160cm가 되지 않는 작은 키를 커버하기 위해 높은 굽의 구두를 신고, 구부정한 허리를 한 채 계단을 오르는 그녀를 본 순간, 건들지 말아야지 하고 생각하고 있던 말이 튀어나왔다.

"어깨 펴! 무슨 죄졌어? 그리고 어깨가 펴진 만큼 구두 굽 좀 낮추고."

이미 쏟아낸 말을 주울 순 없고, 수습하려 하면 더욱 곤란해지는 건 그녀였기에 뻔뻔하게 나가기로 했다.

"무, 무슨 말을 하는 거야?"

"내가 웬만하면 참견 안하려고 했는데 너 계속 그렇게 어깨 움츠리면 어깨뿐만 아니라 허리도 굽어. 그리고 무엇보다도 그 하이힐은 네 척추에 치명적이란 말이야."

"난 괜찮아!"

"괜찮긴……. 너, 새끼발가락 아프지? 다리는 당연히 부을 테고, 허리는 뻐근할 테고."

"그건 하이힐을 신으면 당연한 거야. 대부분 여자가 그래. 그리고 대학에 와서 신기 시작해서 그런 것뿐이라고."

하이힐을 신는 많은 여자들이 그런 고통을 겪는다니… 할 말이 없다.

"너, 내가 지압 꽤 잘하는 거 알고 있지? 손 줘봐."

말은 손을 줘보라고 했지만 이미 내가 그녀의 손을 잡고 있었다.

"여기가 허리 부분이야. 너 OT 때는 여기 눌러도 그리 많이 아파하지 않았었어."

난 검지와 엄지를 이용해 살짝 눌렀다.

"아! 아파!"

"살짝 누른 거야. 여기는 어깨."

"아아아!"

아무리 계단의 중간이라지만 노해윤의 비명 소리에 지나가던 이들이 하나둘씩 우리를 쳐다본다.

"팔목이 삔 것 같다. 병원에 가봐야 할 것 같은데."

"괘, 괜찮아."

다행히도 나의 임기응변을 노해윤은 적절히 받아주었다. 계속 계단에 있을 수 없었기에 올라가면서 조용히 말했다.

"보통 사람들은 하이힐을 신어도 돼. 하지만 넌 안 돼. 아니, 정확하게는 움츠린 자세로 신으면 안 돼."

"무슨 말을 하고 싶은 거야?"

"돌려서 말하지만 내 말뜻 너도 알잖아?"

"…저질."

당장에라도 화를 낼 것 같이 부들거리던 노해윤의 얼굴은 금세 울상으로 바뀌었고, 금방 눈물이 떨어질 듯 눈에 물기가 가득하다.

난 여자의 눈물에 약하지 않다. 여자가 약하다는 생각도 하지 않는다.

하지만 적이 아닌 자에겐 관대한 편이다.

노해윤의 손을 잡고―어느 정도의 반항은 있었지만 거세지는 않았다―빈 강의실로 찾아 들어갔다.

"해윤아. 지금부터 내가 하는 말은 너를 희롱하려는 생각이나 네가 가진 트라우마를 건드릴 생각은 없음을 알아줬으면 해. 다만 안쓰럽고 걱정되서 하는 말이야. 혹시나 듣고 기분이 나쁘면 내 따귀를 때려도 좋아. 물론, 듣기 싫다면 그만할게."

무언은 긍정. 아무 말 없이 의자에 앉아 있는 노해윤을 보고 말을 이었다.

"네 신체는 타고난 거야. 그래서 그에 맞게 진화를 한 거지. 큰 상체를 보호하기 위해 건강한 하체를 가지게 됐고, 허리를 보호하기 위해 키는 적당하게 자란 거야."

치료를 위한 최면이다.

"한데 넌 너 자신을 부끄러워해. 아마 어린 시절부터 타인들의 시선에서 느낀 모멸감이나 다른 어떤 감정 때문에 그런 거겠지. 이제는 그런 시선 따위 신경 쓰지 마. 그리고 잊어버려. 너에게 중요한 건 네 자신이야."

"…응."

반 최면 상태를 유지하려 했는데 아예 깊숙한 최면 상태로 빠져 버린다.

이런 경우는 드물다. 최면을 거는 상대에 대한 믿음이 강하거나, 선천적으로 최면에 취약한 사람에게만 일어나는 경우였다.

이왕 이렇게 된 거 확실히 해주자는 생각이 들었다.

"그들은 너를 동경한 거야. 부러움일 수도 있지. 그러니 타인의 시선 따윈 잊어 버려. 소곤대는 이들을 무시해 버려. 그리고 네 신체에 대해 자신감을 가져. 널 아껴. 어깨를 펴고 허리를 꼿꼿이 세워. 깨어나면 한결 기분이 좋을 거야."

가볍게 박수를 치자 깨어난 노해윤은 기분이 좋아 보였다.

"여긴 어디야?"

"네가 다리 아프다고 해서 잠깐 들어왔어."

"딴 사람이 보면 우리 둘 사이 오해하겠다. 어서 가자."

"그래."

같이 나란히 걷는 그녀의 어깨는 자신감 있게 쫙 펴져 있고, 남자들의 시선이 향했음에도 별로 신경을 쓰지 않는다.

첫 번째 간 곳은 경영대학에서도 꽤 유명한 '주식투자 연구회' 였다.

"어서들 와, 올해 신입생들."

"네, 선배님."

"우리 연구회에 가입하고 싶어 왔어?"

"어떤 동아리를 들어야 좋을까 돌아다녀 보고 있어요."

주식투자 연구회의 첫인상은 깔끔한 분위기의 카페를 연상시킨다. 한쪽 벽면엔 주식과 투자에 관한 책들이 보였고, 여러 사람들이 원탁에 둘러 앉아 얘기를 나누고 있다.

"결정하려면 빨리하는 게 좋을 거야. 사실 우리 연구회에 벌써 신청자가 꽤 되거든. 모두 받으면 좋겠지만 매년 정원이 정해져 있어서 절반가량은 못 받아."

"그래요?"

"응. 옆에 있는 여학생은 언제든 오케이지만."

더러운 남녀불평등.

대학원생이라는 그의 시선이 어디로 향하는지는 벌써부터

알고 있었다. 하지만 최소한 시선을 떼려는 노력을 하고 있었고, 본능에 의한 행동이라 그에게 뭐라 할 수 있는 문제가 아니었다.

"주로 어떤 활동을 하나요?"

"한마디로 투자와 그 대상이 되는 기업에 관한 연구지. 팀을 짜서 연구를 하는데 간혹 모의주식 대회도 하곤 해. 물론, 학과 공부도 선배들의 도움을 받을 수 있지. 그리고 그 외에 분기별로 세미나도 하고, 방학 땐 단체로 연수를 다녀오기도 해."

적당히 놀기도 하고, 공부도 한다는 소리다.

안 그래도 공부할 것 천지인데, 굳이 동아리에서까지 피터지게 공부해야 한다면 외면받을 것이 분명했다.

"실제 주식투자도 하겠죠?"

"그럼. 여유 있는 학생들은 많이 하기도 하는데 연구 목적으로 소액으로 하는 편이지. 참, 그리고 금융의 석성운 교수님이 우리 연구회에 도움을 주시고 계셔."

"그럼 혹시… 대성철강이 M&A를 한다는 소문은 들어보셨어요? 저도 얼핏 들었는데 혹시 연구를 하시는 분들이니 잘 아실까 해서요?"

"글쎄, 들어본 적이 없는데. 보통 그런 정보가 많이 떠돌긴 하는데 대부분이 거짓일 가능성이 높아. 혹시 누구에게 들은 거니?"

"주식하는 친구가 그러더라고요."

"그럼 아닐 가능성이 높겠다."

내 말에 별다른 반응을 보이지 않는다.

사실 이 정보는 하루의 VVIP 클럽에서 흘러나온 말이었다.

일하는 아가씨가 손님이 통화하는 내용을 듣고 나에게 보내준 정보였다.

땅에 관한 정보는 역시 사기였고 삼영회가 나서면서 좋게 마무리가 되었다.

그때 내 머리를 스친 생각이 바로 VVIP 클럽의 정보를 이용하자는 거였다.

그들이 우연히 듣고 흘리는 정보를 잘 모으면 꽤 훌륭한 투자 정보가 될 것이라는 생각에서였다.

그래서 난 다시 VVIP 클럽 아가씨들과 톡톡톡을 시작했다. 단체가 아닌 개인적으로 정보를 주고받는다는 게 지난번과는 달랐다.

하룻밤이 지나고 나면 새로 만든 전화기는 몸살이 날 정도로 많은 글들을 토해냈다.

그리고 그 글 중에서 대성철강의 M&A 소식을 알 수 있었다.

이번엔 운이 좋은 거였다. 앞으로도 이런 소식이 통째로 굴러들어 온다는 보장도 없었다. 아주 사소한 문장을 분석해서 실제 사용할 수 있는 데이터로 만드는 것이 중요했다.

난 그런 일을 배울 수 있거나 같이 할 사람들을 찾고 있었다.

하지만 이곳은 내가 생각하는 곳이 아니었다.

"좋은 말씀 감사드려요. 다른 곳도 둘러봐야겠네요."

난 자리에서 일어났다.

"그래라. 거기 여학생은 이거 작성하고 갈 거지?"

나에게는 권하지도 않은 가입 신청서를 해윤에게 건넨다.

"저도 더 둘러보다 올게요, 선배님."

웃는 얼굴로 거절하는 해윤. 우리는 밖으로 나가 다시 걷기 시작했다.

"여기 마케팅 연구회 있다. 들어가 볼까?"

"아니, 갈 곳이 있어."

"뭐야? 둘러본다더니 생각해 둔 곳이 있었던 거야?"

"응. 넌 거기 들어가 봐."

내가 들어간 곳은 '투자 학술회' 였다. 노해윤도 입을 삐죽이며 따라 들어온다.

"윽!"

술이 썩는 냄새와 찌든 담배 냄새가 섞여 오묘한 냄새가 가득했다.

노해윤은 비명을 지르며 코를 막는다.

"여긴 학술회예요. 연구회는 세단 쪽으로 가다 보면 있어요."

모니터에 시선을 고정한 채 뒤돌아보지 않고 말하는 남자.

난 그의 말을 무시하고 주변을 둘러봤다.

벽에는 온갖 책들과 서류들이 쓰레기처럼 채워져 있고, 소파와 테이블에는 서류들과 막걸리 병, 담배꽁초가 가득한 재떨이, 담배꽁초가 반쯤 찬 검은색 PET병, 그리고 잡다한 쓰레기들이 쌓여 있다.

연구회의 반쯤 되는 동아리실은 한마디로 쓰레기장이었다.

"학술회에 온 게 맞는데요."

내 옷을 당기는 노해윤을 무시하고 말했다.

"…그럼, 잠깐 거기 소파에… 에이!"

스윽 돌아보는 사내는 앉을 자리를 구하다 자신이 보기에도 엉망인지라 결국 의자에서 일어나 봉투를 들고 쓰레기들을 쑤셔 넣는다.

"원래 이렇게 지저분하지 않은데……. 신입생 같은데 말 편하게 할게. 우리 학술회에 관심이 있어?"

"네. 그래서 알아보려고요."

"이쪽도?"

"아~앙, 넹."

여전히 코를 막고 있는 노해윤이 코맹맹이 소리로 답한다.

"그래. 물어봐. 성심성의껏 대답해 주지."

"학술회에선 주로 뭘 하는 거죠?"

"그냥 주식투자지. 공부를 하고 싶으면 책꽂이에 있는 책을 읽으면 되고, 궁금한 게 있으면 아는 한 가르쳐 주지."

"실제 투자도 하시나요?"

"당연하지. 단돈 10만 원이라도 직접 돈을 투자해야 공부가 되는 거야. 백날 모의투자하고 연구해 봐야 실제 주식시장에 들어서면 말짱 꽝이야."

"돈은 벌었어요?"

"큭큭큭큭! 까먹고 있다. 오늘도 한 10만 원 날렸지."

"야, 태국이 형 요즘은 운 빨이 없어서 그렇지 재작년만 하더라도 집 몇 채 가지고 있었어. 차도 그땐 BMX였어."

"황선동! 애들 앞에서 과거 얘기는 왜 하고 지랄이야!"

"하하하! 형도 참, 술만 먹으면 그 얘기면서 여자 앞이라고 부끄러워 하긴."

한태국과 황선동.

선배들에게 주식투자로 롤러코스터를 타는 사람들이라고, 절대 그 두 사람을 닮아서는 안 된다고 몇 번이고 들었다.

혹자는 주식투자의 폐해를 단적으로 보여주는 표본이라고까지 말했다.

"혹시 대성철강이 M&A를 추진 중이라는 얘기 들으셨어요?"

"응? 그런 얘기기 있었어?"

"형도 재작년에 그런 얘기 있었잖아요. 그런데 아무래도 이상하다고 포기했었잖아요. 가만 있자, 그 서류가… 여기 있다!"

황선동은 쓰레기 더미 같은 곳에서 잘도 찾는다.

"잠깐 봐도 될까요?"

"그래라."

황선동이 건네는 서류를 보니 대성철강에 대해 꽤나 자세히 조사되어 있었다. 그리고 끝에는 '자본금 부족으로 거짓일 가능성 높음' 이라는 글이 적혀 있었다.

"그 말은 어디서 들었냐?"

"주식투자하는 친구한테 서요."

"음… 선동아, 대성철강 어떠냐?"

담배에 손이 갔다가 노해윤을 흘깃 보고는 입술을 손가락으로 몇 번치더니 황선동에게 대성철강에 대해 묻는다.

"지금 만이백 원이네요. 지난 일주일 간 이천 원 올랐어요."

"그럼 내가 가진 돈 몽땅 그거 좀 사줘라."

"몽땅이면 오백 주인가? 왜, 촉이 왔어요? 나도 살까요?"

"뭐, 대충. 니 투자는 니가 알아서 해."

내가 말한 정보는 내가 생각하기에도 꽤나 정확한 것이었다. 물론, 나야 막연한 기대감 때문이지만 왠지 한태국은 다른 뭔가를 알고 있는 것 같았다.

"쓸 만한 정보인가요?"

"내가 생각하기엔 그래. 언젠지 잘 모르지만 작년인가 대성철강이 자본금을 확충했다는 소식을 본 적이 있어. 그 자금이 M&A를 위한 자금일 가능성도 있지."

"하하. 저도 사둬야겠군요."

"사실 별로 권하고 싶지 않다."

"왜요?"

"M&A는 합병 대상도 중요하거든. 대상의 경우는 거의 합병이 되면서 가격이 오르는 반면, 인수 기업의 경우는 둘의 M&A의 결과에 부정적인 의견이 나오면 오히려 가격이 떨어지지."

"그렇군요."

"혹시 대상 기업에 대해서 들은 건 없냐?"

은근한 목소리로 묻는 한태국은 다 알고 있으니 어서 말하라는 눈빛이다. 하지만 난 바로 말하지 않았다.

"동아리 가입은 자유인가요?"

"인원이 부족해 아무나 가입시키고 싶은 심정이다."

"그럼, 가입을 받아주세요. 학부 1학년 박무찬입니다."

"그러지. 학생도?"

옆에서 눈을 때룩때룩 굴리며 뭔가를 엄청 고민하는 노해윤. 굳이 가입 안 해도 된다고 말했음에도 슬픈 표정으로 고개를 끄덕인다.

우리는 라면 국물이 묻은 가입 신청서에 개인 정보를 적어 넣고 사인을 마쳤다.

"좋아! 이제 한 가족이니 정보를 공유해야겠지?"

"그럼요. 한 가족인데. 대신 저희들만 아는 겁니다."

"당연하지. 날파리들 꼬여 봐야 좋은 일 없으니까."

이렇게 나의 동아리는 정해졌다.

*   *   *

노찬성 회장은 유럽에서 중요한 계약을 성공적으로 마치고 귀국했다. 그리고 공항에서 바로 집으로 향했다.

"어서 와요."

"아빠! 잘 다녀오셨어요?"

"허허허! 다녀왔소. 우리 귀염둥이도 잘 지낸 모양이구나."

노찬성은 아직 빠지지 않은 노해윤의 볼을 살짝 집으며 활짝 웃는다.

대중들에겐 잘 웃는다고 '각시탈'이라고 소문난 그였지만 회사에선 '얼음 마황'이라는 별명이 더 유명했다.

그런 그를 30년을 넘게 섬기고 있는 조두환 비서실장은 그 웃음이 오직 부인인 김춘옥 여사와 노해윤에게 한정된다는 걸 알고 있었다.

특히, 노해윤에 대한 애정은 각별했다. 해외 출장이 길어질 것 같으면 항상 같이 다녔고, 회장이 된 후에는 유학조차 보내지 않고 자신의 곁에 두고 있었다.

"씻으세요. 저녁 준비해뒀어요."

"허허! 당신의 총각김치가 얼마나 먹고 싶었는지 모를 거요."

씻고 편안한 한복으로 바꿔 입은 노찬성은 식탁에 앉았다.

이미 출가해 자녀를 둔 두 아들이 있었고, 그들이 온다는 얘기를 비서실장에게 들었지만 번잡하다고 오지 말라고 한 그였다.

"단출하지만 참 좋군. 듭시다."

그는 이 순간을 위해 열심히 일한다고 해도 과언이 아니었다.

그런데 노해윤이 자리에 앉아만 있을 뿐 밥을 먹지 않고 있다는 걸 알았다.

"어디 아프냐?"

"아뇨. 요즘 7시 이후론 아무것도 안 먹어요."

"허, 그러다 몸이 상하려면 어쩌려고?"

그 말을 들으니 왠지 자신의 딸이 말라 보이는 그다.

"괜찮아요. 무찬이가 그래야 건강하게 살을 뺄 수 있다고 했어요."

"무찬이?"

"호호호! 글쎄 요즘 얘가 그 아이 얘기만 한다니까요. 말끝마다 무찬이, 무찬이 해서 저도 이름을 외웠답니다."

"…그래? 그깟 녀석이 뭘 안다고 그런 말을 해. 내일 김 원장과 얘기해서 내 몸에 맞는 식단을 짜는 게 낫겠구나."

"아빠, 걔가 얼마나 지압을 잘하는데요. 허리 아프다고 하면 손을 몇 번 꾹꾹 눌러주면 신통하게도 낫는다니까요."

"손을……?"

들으면 들을수록 입가의 미소가 차츰 지워지는 게 느껴진 노찬성은 억지로 다시 웃으며 딸에게 그에 대해 물었다.

"녀석, 그 녀석이 어지간히 마음에 드는 모양이구나."

"아니에요! 음, 뭐랄까? 좀 저질인 거 빼고는 그저 괜찮다 싶은 정도예요."

그저 14박 15일의 출장이었을 뿐이었다. 하지만 그 사이 딸아이의 변화는 예전과 비교할 수 없을 만큼 바뀌어 있었다.

행동도 마찬가지였다.

항상 큰 가슴 때문에 움츠려 있던 어깨가 쫙 펴고 있었고, 허리도 꼿꼿하게 세워져 있었다.

'설마……. 아니야. 경호원들이 있는데 그랬을 리 없지.'

아찔한 상상이 들었지만 애써 부인했다.

"같은 과 학생이니?"

"네. 근데 저보다 두 살이 많아요."

"그런데 친구가 된 거야?"

"호호. 동기잖아요. 무찬이에게 여동생이 있거든요. 그 애

랑도 친구가 되었는데 셋이 같이 있으면 엄청 웃기다니까
요."

"삼수를 했나 보구나?"

"그것도 아닌가 봐요. 저도 잘 모르는데 얼핏 듣기엔 외국
에 4년 간 있었다던데요."

한 번 시작된 박무찬에 대한 얘기는 밥을 다 먹고, 후식으
로 차를 마실 때까지 계속되었다. 그래서 그는 대화의 내용을
바꾸기로 마음을 먹었다.

"우리 해윤이, 대학생이 되어서 용돈이 부족하지? 아빠가
용돈 좀 줄까?"

이미 어릴 때부터 꽤 많은 재산을 상속했지만 그건 미성년
자인 노해윤이 사용할 수 없는 것이었다.

그저 달마다 노찬성이나 김춘옥이 주는 용돈으로 생활을
하던 그녀였다. 그리고 용돈을 줄 때마다 볼에 해주는 뽀뽀
때문에 그마저도 딱 쓸 만큼만 줬었다.

"괜찮아요, 아빠. 이번에 제가 들어간 동아리에서 주식투
사를 했는데 지금까지 모아오던 용돈을 몽땅 투자했거든요.
그런데 2배 가까이 벌었어요. 꺅!"

갑자기 그 동아리를 부숴버리고 싶어지는 노찬성이었다.

하지만 꾹 참고 물었다.

"주식투자는 위험하지. 자칫했으면 그동안 모아온 것도
다 잃었을 수도 있단다. 그런데 어떻게 했기에 2배나 벌 수

있었지?"

"아빠도 아시죠? 이번에 대성철강이 M&A 한 거요."

"그래 한모정밀과 M&A를 했지. 그곳에 투자를 한 거냐? 운이 좋구나."

"운이 아니에요. 이미 그 정보를 가지고 있었거든요. 누가 정보를 알고 있었는지 궁금하시죠?"

신이 나서 말하는 노해윤의 모습에서 왠지 불길한 이름이 나올 것 같았다.

"박무찬! 그 애였어요. 물론, 태국 오빠랑 선동 오빠가 사는 양을 적절하게 조정을 해 싼값에 산 것도 있지만요."

"꽤 똑똑한 녀석인가 보구나."

"그게 좀 이상해요. 뻥이 좀 심한 것 같기도 하고."

"뭐가 이상하단 말이냐?"

"걔랑 저랑 요즘 주식투자에 대해 같이 공부를 하거든요. 전 책을 열심히 읽는데 걘 그냥 설렁설렁 읽어요. 또, 무찬이는 과대표라 좀 바빠서 제가 더 많은 시간을 읽거든요. 한데 저보다 진도가 훨씬 빠른 거 있죠."

"이미 그전에 공부를 했나 보지. 아님 집에 가서 밤새 했을 수도 있고."

"저도 그렇게 생각했는데 무찬이 동생에게 물어보니 그렇지도 않다고 하더라고요. 맨날 바쁘게 돌아다닌대요. 그리고 어제는 책을 안 읽기에 왜 안 읽느냐고 했더니 더 이상 필요 없다며 선배들이랑 얘기만 하더라고요."

"책은 일정 수준 이상 읽으면 같은 내용이 반복되니까 그랬겠지."

"그런가요? 아무튼 무찬이를 보면 제가 좀 모자라는 게 아닌가 생각했는데 아빠 말씀 들으니 위안이 되네요."

"누가 우리 딸이 모자라대? 이렇게 예쁘고 머리 좋은 사람이 몇 명이나 된다고."

"헤헤! 역시 아빠뿐이에요."

쪽!

볼에 진한 뽀뽀를 하고 책을 봐야 한다며 올라가는 노해윤을 흐뭇하게 바라보던 노찬성은 눈에서 딸이 사라지자 싸늘한 표정으로 바뀐다.

"조 전무."

조두환 비서실장은 이름만 비서실장이지 직위은 전무였다.

"네. 회장님."

"딸아이의 동기 중 박무찬이라는 학생이 있다더군."

"알겠습니다. 이틀만 주시면 철저히 알아내 보고 드리겠습니다."

"그리고 학교 내의 일을 알려줄 사람이 필요해."

경호원들이 학교 내에서까지 움직이는 걸 노해윤이 좋아하지 않았다.

"두 명 정도 알아보겠습니다."

딸이 좋다면 일반인과도 결혼 시킬 마음이 있던 노찬성이었지만 막상 현실에 마주하자 생각처럼 되지 않았다.

'부디 실망만 시키지 말게.'

얼굴도 모르는 박무찬에게 경고를 한 그는 눈을 감고 소파에 기댄다.

이틀 뒤 정확하게 그의 책상 위에는 박무찬에 대한 보고서가 올라왔다.

그리고 첫 장을 넘겼을 때 인상을 써야 했다.

"실종된 4년간 광산에서 일을 했다고? 어이없군. 차라리 북한에 납치되었다가 남파된 간첩이 어울리겠군."

기가 찬 듯 다음 장을 넘겨보던 그는 다시 첫 장에 기록된 박무찬의 이력을 날짜와 함께 봤다. 그리고 노해윤이 그에 대해 말한 것이 떠올랐다.

"허허! 괴물인가? 고작 5개월 만에 대한대학교 경영대학 최고점 합격이라니."

물론, 수능 성적만으로는 그가 수석이었지만 내신과 명예 졸업장이라는 점 때문에 수석은 다른 사람 차지가 된 것이다.

다시 보고서를 넘겼다.

대학에서의 생활은 딱히 그의 이목을 잡을 만한 것이 없었다.

그저 아침 5시에 일어나 2시간가량 운동을 하고 학교에 갔다가 밤 12시가 넘어서 술이 취한 채 집으로 온다는 얘기가 다였다.

그러다 마지막에 떠도는 소문이라는 부분을 보고는 꽤나 굳어진 표정으로 손가락으로 책상을 톡톡 친다.

"미지그룹 서미혜와?"

떠도는 소문을 믿을 정도로 어리석진 않았다.

하지만 그 밑에 적힌 홍산유통 신세호 사장의 움직임이 그 소문이 사실일 수도 있다고 말해주고 있었다.

"5개월 동안 공부만 한 것이 아니라는 소린가? 허허허허!"

나이든 여자를 사귀었다는 게 흠이 될 수는 없었다. 오히려 수능을 준비하면서도 여자를 만날 여유가 있었다는 것에 소름이 돋았다.

그는 노해윤에게 메시지를 보냈다.

—뭐하니?

—*0* 허걱! 아빠가 웬일이에요? 지금 동아리실에서 공부 중이에요.

—그럼 그곳 책이 얼마나 있는지 아빠에게 사진으로 보내주렴.

—왜요?

—네가 뭘 공부하는지 궁금하구나.

—투자 회의해서 이만 뿅! 사랑해요♥♥

잠시 후, 마지막 메시지와 함께 사진 몇 장이 도착했다.

양옆으로 책상에 빼곡히 꽂힌 책들과 그 옆에 쌓인 박스들에는 글자가 빼곡히 적힌 서류들이 꽉 차있었다.

"동아리 가입한 지가 오늘로 12일 째인가? 그럼 9일 만에 이걸 다 읽었다?"

조두환이 구해 온 박무찬에 대한 정보는 그에 대해 알기는 부족했다.

"조 전무, 몇 가지 물어볼게 있으니 들어오게."

조두환이 들어오자 노찬성은 질문을 했다.

"서류가 좀 미진하더군. 혹시 그가 국내로 들어와 대학 시험에 합격하기까지에 대해 조사가 안한 건가?"

"아닙니다. 그의 핸드폰 사용내역, 카드 사용내역 등을 샅샅이 뒤졌습니다. 한데, 그 기록에 따르면 그는 10명이 되지 않는 이들과 통화를 했고, 카드는 동생이라는 고우니 양을 위해서만 썼습니다."

"고우니? 동생인데 이름이 다르군."

"사촌 동생이라는 말은 들었습니다."

"그 아이에 대해서도 조사하게."

"예. 그 외에는 전혀 없습니다. 즉 기록만 본다면 그는 그 기간 동안 아무것도 안하고 집에만 있었다는 결론이 나옵니다."

"그래서?"

"하지만 서미혜 양과 사귀었다는 점을 본다면 그는 추적이 불가능한 핸드폰을 사용했고, 오로지 현금만을 사용해 몰래 움직였다는 얘기가 됩니다. 모든 생활 자체가 계산된 상태에서 움직이는 인물이란 것이 조사팀의 결론입니다."

"비밀스러운 인물이거나 그냥 대포폰과 현금을 좋아하는 친구라는 뜻이군."

"……."

손짓을 하자 조두환은 고개를 숙이고 밖으로 나간다.

"흥미가 가는 친구야."

서류를 다시 한 번 살피던 그는 그 서류를 책상 서랍에 넣으며 중얼거린 후, 본격적으로 회사 일에 몰입했다.

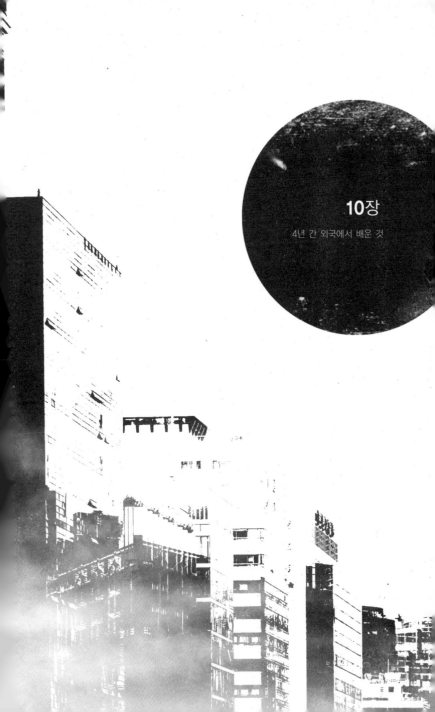

10장

4년 간 외국에서 배운 것

　대성철강과 한모정밀의 M&A 관련 정보를 통해 내가 번 돈은 10억이 넘었다

　동아리에선 2000만 원만 투자를 했지만, 스마트폰을 이용해 10억을 넘게 대성과 한모의 주식을 사들였다.

　또한, 돈이 부족한 한태국과 황선동에게 1000만씩 빌려줘서 한 편이라는 인식을 확실하게 심어줬다.

　돈을 번 후 동아리실은 180도 바뀌었다.

　나와 노해윤의 컴퓨터가 들어왔고, 모니터는 특히 2대씩 붙여서 컴퓨터만으로 한쪽 벽이 꽉 차게 되었다.

　그리고 지저분하던 소파와 테이블은 모조리 버리고 새로

운 회의용 테이블과 의자가 그 자리를 대신했다.

가장 문제였던 흡연은 두 선배의 확고한 방침에 해윤이 인상을 썼지만 동아리 연합회에서 어떻게 알고 왔는지 실내 흡연 시 동아리방 폐쇄를 명함으로서 해결됐다.

퀴퀴한 냄새도 청소와 날씨가 풀려감에 따라 창문을 열게 되니 자연히 해결되었다.

"회의하자는데 뭐하는 거야?"

"헤헤. 아빠한테서 메시지가 와서……."

회의를 위해 세 사람이 모두 앉자 난 VVIP 클럽 아가씨들에게서 받은 정보를 풀기 시작했다.

대성철강의 정보를 준 아가씨에겐 1억을 줬고, 하루는 그곳의 투자 정보를 알려줬다. 이후 톡톡톡은 무수한 글들을 더욱 가열차게 토해냈다.

그걸 가장 가능성 높은 순으로 정리해 회의를 했다.

"첫 번째는 우성정보의 사장이 숨겨둔 보유 주식을 팔고 있다는 소문이에요."

"음, 소문이 사실이라면 두 가지로 나눠서 생각해야 해. '현금이 필요해서 일시적으로 판다' 와 '주식이 떨어질 것이라는 내부 정보를 이용해 시세 차익을 노린다' 로 말이지."

한태국이 담배가 절실한지 볼펜을 입에 물고 말한다.

"만일 전자라면 어떻게 하고, 후자라면 어떻게 해요?"

"동기의 물음이니 박무찬, 네가 답해봐."

"네. 일단 우리의 목적은 돈을 버는 거죠. 그래서 두 가지 경우다 돈을 벌 수 있다 없다가 중요할 텐데… 결론은 '벌 수 있다' 입니다. 정도의 차이는 있겠지만 두 경우는 결국 '주식이 떨어진다' 로 예측할 수 있으니까요."

"풋옵션 매수를 한다?"

노해윤이 다시 묻는다.

"응, 그렇지. 한데 돈을 벌 생각이라면 첫 번째는 소문을 내야 해. '우성정보 사장이 숨겨둔 보유 주식을 팔았다' 이렇게 말이지. 그럼 주식은 더 떨어지겠지. 하지만 우리가 그 정도까지 한다면 곧 우리는 잡힐 거야. 만일, 두 번째 경우라면 충분히 돈을 벌 수 있어."

"오케이, 그 정도까지. 그럼 후자일 가능성이 얼마나 될지 알아볼까?"

한태국의 말에 우리는 일제히 컴퓨터에 앉아 우성정보와 관련된 기사와 정보를 모으기 시작했다.

"무찬아, 근데 난 아직 풋옵션과 콜옵션이 머리에서 맴돌아."

찾으라는 정보는 찾지 않고 조용히 속삭이는 그녀.

난 A4용지 한 장을 꺼내 설명을 했다.

"둘 다 생각하지 마. 한 가지만 정확히 알면 돼. 어차피 반대니까. 지금은 우리가 하려는 것이 풋옵션이니까 이걸로 설명할게. 1000원짜리 상품이 있는데 난 그걸 일정 기간, 한 달이라고 하자, 뒤에 1000원에 '팔 권리'를 100원에 사는 거야."

"응!"

"가격은 변하잖아. 내일이라도 당장 1000원 상품이 1500원이 될 수도, 500원이 될 수도 있어. 만일 1500원이 됐어. 너 같으면 1500원짜리를 1000원에 팔래?"

"아니. 손해 보는 장사잖아."

"맞아. 엄청난 손해를 본 셈이지. 하지만 난 권리만 포기하면 돼. 100원을 손해 보는 거지. 반대로 500원이 되었을 땐 500원짜리를 1000원에 팔 수 있으니 모조건 팔아야지. 500원에서 권리 값은 빼면 400원의 이익이지. 이해 돼?"

"응! 풋옵션을 산다(풋옵션 매수)는 주식이 떨어지면 무한 이익, 주식이 오르면 권리금만 날린다는 거지."

"사랑 그만 속삭이고 자료나 찾아보지?"

"선동 오빠! 사, 사랑이라뇨? 그냥 풋옵션에 대해 물었어요."

"책에 보면 예시까지 들어 자세히 적혀 있는데 무찬이한테 왜 물어?"

"그야… 설명을 잘해주니까요."

"전혀 설득력이 없는 거 너도 알지? 자료나 얼른 찾아."

뭔가를 반박하려던 노해윤은 입만 달싹거릴 뿐 말을 하지 못한다. 그리고 새빨개진 얼굴로 키보드를 두들긴다.

"그래서 키보드 부서지겠냐? 여기 2년 전 기사 하나 있다. 스마트폰 관련 기술 개발에 많은 연구비를 투자한다고 되어 있어."

"실패를 발표할 예정인가요?"

"실패를 발표하는 기업은 없어. 물론 등을 떠밀려 하는 경우가 있지만."

한태국의 말에 머릿속이 번쩍 깬다.

일단 괜찮은 정보다 싶으면 난 톡톡톡을 이용해 그날 있었던 일을 최대한 자세히 물었다.

사소한 행동, 표정에서 오래된 단골이라면 심경의 변화까지도.

마치 더 이상 오지 않을 사람처럼 행동했다는 내용이 생각났다.

우성정보 사장이 바뀐다?

섣부른 판단일 수도 있었다. 하지만 가능성이 없는 얘기는 아니었다.

"자, 그럼 투자 정도를 생각하자."

한태국의 말에 우리는 다시 테이블로 돌아왔다.

"내가 보기엔 아슬아슬하다. 권리금을 건질 수 있을까도 의문이지만 주식을 보니까 아직 대량으로 누군가가 판 흔적은 없으니 오늘 산다면 가능성이 보인다. 일단 각자 500만 원씩 해서 2000만 원만 투자해 보자. 콜?"

"콜!"

모두 콜을 외치고 통장에서 500만 원씩 한태국의 통장으로 이체를 했고, 그 돈을 이용해 2000만 원을 투자했다.

그가 컴퓨터를 만지는 동안 난 스마트폰을 이용해 그 열배인 2억을 투자했다.

회의는 계속되었다.

"다음은 정진그룹 노찬성 회장의 유럽 법인 순방이 사실 계약을 위한 방문이었다는 소식이에요."

"무슨 계약? 계약은 했대?"

"이거 어떤 계열사와 관련된 계약이라는 걸 알면 꽤 괜찮은 정보인데."

"……."

"노찬성 회장이 한국에 돌아와 바로 집으로 갔다는 얘기도 있었는데 그것이 계약이 성공했다는 의미라고 생각하더라고요."

"너, 정진그룹 계열사가 몇 개인지 알고나 하는 소리냐? 32개다."

한태국이 말하는 바를 알고 있다. 그리고 얘기하기 전에 이미 나름 조사를 했다.

"32개의 계열사 중 비상장된 17개를 제외, 해외 법인이 없는 계열사 5개 제외……."

"왜 해외 법인이 없는 계열사를 제외하지?"

"이번 계약이 수출이어야 하니까요."

"수출이어야 한다?"

"네. 수출이 아니면 우리는 이 이야기를 더 할 필요가 없죠. 우리가 원하는 건 주식이 오르느냐, 떨어지느냐 두 가지 아닌가요? 정진그룹이 유럽 머니를 투자받을 정도로 약한 것도 아니고, 유럽에 투자를 한다는 거라면 주가의 변화는 미비할 테니 우리에겐 필요 없죠."

"휘이이익! 이놈 꽤 난 놈인데요, 형."

"그러게. 정보만 잘 캐는 줄 알았는데 이제 보니 목적 의식이 또렷하네. 계속해봐."

두 사람은 꽤 놀란 표정으로 날 본다. 왠지 내가 막무가내로 한 분석을 좋게 봐주니 기분이 좋다.

"다음으로 '노찬성 회장이 움직일 정도의 거래'라는 점을 생각하면 7개의 계열사가 빠집니다. 결국 3개가 남는데, 전자와 건설, 중공업이죠."

"큭큭큭큭! 더 할 말 있으면 해봐라. 솔직히 너 생각하는 종목 있지?"

역시 한태국이다. 마치 내 생각을 읽었다는 듯이 묻는다.

"그게 무슨 말이에요?"

지금까지 가만히 있던 노해윤이 궁금했는지 테이블에 바싹 숙이며 물었고, 나와 두 사람의 시선은 본능적으로 살짝 보이는, 깊숙하고 빠지고 싶은 가슴골로 향한다.

"크음! 선배님이 말씀해주세요."

난 예상치 못한 나의 본능에 고개를 돌리며 한태국에게 답을 미뤘다.

"흠! 흠! 독일에 G맨스 사(社)가 있잖아. G맨스 사는 우리나라에서도 큰 건설사에 수주를 주는 슈퍼 갑(甲)이야. 그래서 유럽 본토에 건설과 중공업단지 건설 같은 계약을 하기는 힘들어. 아마 무찬이는 그걸 말하고 싶은 거야."

"그 말은……. 아! 노찬성 회장님이 전자와 관련된 수출 계약을 하고 왔다는 소린가요?"

"맞아. 한데 잊지 마, 해윤아. 무찬이 말한 정보가 맞다는 가정 하에서 시작된 얘기니까. 그저 평범한 해외법인 순방이었다면 말짱 헛소리가 되지."

"네……."

이 건에 대한 얘기가 끝났고, 투자금액을 결정해야 했다.

"정진전자라면 안정 그 자체지. 투자를 한다고 해도 많은 돈은 번다고 할 수 없지만 정보가 거짓이라도 손해 볼 게 수수료정도 밖에 안 되는 대기업이지. 이번 건은 각자 알아서 투자해. 무찬이나 해윤이는 많이 해도 좋아."

"오빠들은요?"

"일단 다른 정보 들어보고 결정해야지. 안정적인 투자는 왠지 재미가 없거든."

"나도. 그리고 내 돈으로는 몇 주 사지도 못한다. 혹시 주변에 지인들 있으면 이번 건은 알려줘도 좋아."

이후 수업에 들어가기 위해 동아리 방을 나올 때까지 회의는 계속되었다.

나와 해윤은 같은 수업을 들었기에 같이 강의실로 향했다.

"너, 아까 녹음은 왜 했어?"

노해윤은 우리가 정진그룹 얘기를 할 때 녹음기를 켰었다. 그런 면에 대해 민감한 난 이유를 물었다.

"아, 그거… 워낙 이해가 안 돼서 나중에 들으면서 공부하려고."

"그러냐?"

당황해 하는 모습이 미심쩍었지만 그냥 넘어가야 했다.

이다혜와 신수호가 다정한 모습으로 계단을 오르는 모습이 보였기에.

"여~ 우리 경영대학 공식 커플 아냐? 오랜만이다, 신수호."

"안녕, 무찬아."

"……."

반갑게 웃어주는 다혜와는 달리 날 보고 깜짝 놀라는 신수호. 하지만 동창회 때와는 다르게 도망가지는 않는다.

"저 자식은 여전히 숙맥이네. 데이트 중이었어?"

"동아리실 가는 중이야."

"데이트 맞네. 동아리는 지난번에 말해준 클래식 감상회?"

"응. 근데 내가 동아리를 말했었던가?"

"헐~ 기억력이 이래서야. 지난번 커피 마시면서 얘기했었잖아."

"그, 그랬었나?"

다혜는 고개를 갸웃거렸고, 신수호의 얼굴을 급격히 구겨졌다.

"얘는……. 이름이 노해윤이었지. 안녕, 난 3학년 이다혜라고 해. OT 때 봤었지?"

"네에. 안녕하세요, 선배님."

"두 사람도 데이트 중? 진척이 무척 빠르네?"

"아, 아니에요. 무찬이랑… 그냥 같은 동아리에 있어요."

"후후. 데이트 맞나보네. 얼굴이 빨개졌다."

다혜는 내가 한 그대로 복수를 하며 장난 끼 어린 얼굴로 날 본다.

"이렇게 만나니까 족보가 꼬이네."

"그러니까 조심해, 여긴 학교야."

구겨진 얼굴이었던 신수호는 마음이 진정이 되었나 보다. 내 말에 옳다구나 하고 근엄한 척 끼어든다.

"신수호, 다행히도 날 동창인 날 아라는 본 모양이구나? 그리고 여기가 학교지 군대냐? 고교 동창인 너희들에게 높임말을 써야 기분이 좋겠어?"

"그래도 최소한 예의는……."

"참! 너 군대 안 가냐? 3학년 전에 갔다 와야 편하다고 전역한 형들이 그러더라. 다혜가 걱정되어 그런가 본데, 걱정마라. 고교 동창인 내가 다른 놈들 안 붙게 잘 보살펴 줄 테니까."

신수호의 말을 끊고 내가 할 말만 했다.

"그리고 걱정 마라. 내가 아무 때고 반말하겠냐? 너희 체면도 있는데. 선배들과 있을 땐 깍듯이 선배 대접 해줄 테니까 안심해라."

난 그의 어깨를 툭툭 치고는 빙긋이 웃어주었다.

"우리 수업 들어가야 해. 다음에 또 보자."

"이……!"

헤어지며 난 다혜를 살짝 포옹을 했고, 그걸 본 신수호의 눈에서 불똥이 튄다.

"외국에서 4년 넘게 있다 보니 그런 거다."

한마디 더 하고 해윤과 함께 계단을 내려왔고 해윤은 나에게 물었다.

"저 선배들과 동창이었어?"

"응. 다혜와는 고등학교 때 친구야."

"신수호 선배도 동창 아냐? 내가 잘못 들었나?"

"맞아. 고교 동창……. 으득!"

당장에라도 다시 올라가 죽여 버리고 싶다는 생각이 머리를 지배한다.

'아직은 아냐!'

어금니를 소리 나게 앙다물고 나서야 겨우 참으며 강의실로 향했다.

그리고 분노는 옆에 있는 해윤이 어떤 표정을 짓고 있는지 못 보게 만들었다.

*   *   *

플레져 빌딩 살인사건에서 중국인 연쇄 살인사건 특수수사본부로 이름이 바뀐 사무실은 부산스럽기 그지없었다.

자신의 짐을 박스에 담는 사람들도 있었고, 책상을 다른 위치로 옮기는 이도 있었다. 또한 새로 이곳을 책임질 담당 검사를 위해 자료를 정리하는 이들도 상당수였다.

오직 수사팀의 김철수 형사만이 의자에 앉은 채 사건이 기록된 벽을 보고 있었다. 그는 장난처럼 들고 있는 명함을 스냅을 이용해 던진다.

틱! 틱!

10장을 던지면 벽에 닿은 건 고작 2장. 하지만 명함이 벽에 맞든 맞지 않든 그의 관심사는 오로지 벽이었다.

옆에서 그런 김철수를 바라보던 양동휘 형사가 결국 한마디 던진다.

"재미있습니까?"

하지만 김철수는 대답도 없이 하던 일을 계속했고, 양동휘도 답을 바라지 않았는지 자신의 할 말을 한다.

"경찰에서 검찰로 사건 담당이 바뀌었는데 저희도 강남서로 돌아가는 것이 좋지 않을까요? 물론, 남을 사람은 남아도 좋다고 했지만 잘 해봐야 본전인 일이라고요. 김 형사님이 범인을 잡고 싶어 하는 건 알겠어요. 하지만 놈은 괴물, 악마, 유령이에요."

"…사람이야."

"사람의 형상은 하고 있겠죠. 그런데 지금 김 형사님 들고 장난치시는 명함으로 목을 베고 두개골에 박히게 만드는 놈이죠. 또한 양주잔을 어깨뼈에 박을 수도 있고요, 사람을 구겨서 뼈를 부수고 심장까지 부술 수 있죠. 또 요즘은 총도 쏘고, 총알은 피해 다니죠. 그게 과연 사람이라고 말할 수 있을까요?"

울분을 토하듯 말을 쏟아낸 양동휘는 벽에 걸린 사건 사진들을 보더니 진저리를 친다.

"너도 이 사건이 중국인을 향한 무차별 살인이라고 생각하냐?"

수사의 방향이 몇 번 바뀌었다.

증거는 없었고, 범인의 흔적조차 발견 못한 상태에서 사건은 꼬리를 물고 일어나니 수사는 혼선이 일어날 수밖에 없었다.

"처음엔 복수라고 생각했어요. 싸이코패스와는 다른 형태였고, 인간이 같은 인간을 그렇게 만들 수 있다는 것 자체가 복수심이 극에 이른 자라고 생각했죠. 하지만 요즘은 사실 모르겠어요. 돈 때문에 벌이는 살인이라는 생각도 들어요."

"그럴 수도 있지. 한데 우린 가장 결정적인 실수를 했어."

"실수요?"

"응. 사채업자 살인 사건과 플레져 빌딩 살인 사건을 같은 선상에 두고 수사를 시작했을 때부터 어긋나기 시작했지."

"무슨 말인지 자세히 말해봐요."

"우리가 처음 플레져 빌딩 살인사건을 맡은 다음 사채업자 살인 사건에서 유사점을 발견하고 같은 자의 소행이라고 판단했지. 그 다음 바로 동대문 중국인 살인 사건이 일어났고. 이후 남양주, 일산, 인천 가리지 않고 일어나는 사건에 우리는 정신없이 놈을 쫓았지. 한데 요즘 내가 생각해 보니 두 사건은 성격부터가 틀려."

양동휘는 김철수의 말에 정신을 집중했다.

그때, 본부 사무실로 특별 수사본부의 새로운 책임자로 온 문정배 검사가 들어오다 그들의 대화를 듣고는 인사를 하려는 사람들을 제지시키고 같이 듣기 시작했다.

"놈의 복수는 플레져 빌딩부터였어. 사채업자 사건은……. 글쎄, 다른 목적이 있었음에 틀림없어."

"근거는요?"

"방화가 근거야. 다른 사건에서는 그냥 방치하던 놈이 왜 그때는 불을 질렀을까? 금고에 있던 돈도 모조리 불탔으니 돈은 목적이 아니야. 그럼 뭘까? 불법 사채업자들에게 당한 누군가의 복수일지도 모르고, 그곳에 잡힌 누군가를 구하기 위한 살인일 수도 있지. 독한 놈들이니."

"그럼, 놈들이 돈을 빌려준 사람들을 찾으면 놈을 찾을 가능성이 있겠군요. 하지만 자료는 모조리 불타버렸잖아요? 그리고 이미 9개월이 넘은 사건이라 남아 있는 것도……."

"있어요!"

갑자기 뒤에서 들리는 말에 현실로 돌아온 두 형사는 자리에서 일어나 문정배 검사에게 인사를 한다.

"두 분 말씀 잘 들었습니다. 성함이?"

"강남경찰서 김철수 형사입니다."

"같은 경찰서 양동휘 형사입니다. 한데 사채업자의 자료가 남아 있다고요?"

"네. 최근 죽은 그자가 다른 사람 이름으로 사용하던 통장이 발견되었습니다. 그리고 지금 그 통장에 이자를 낸 사람들을 역추적하고 있죠."

"그렇다면……."

"성급히 좋아할 일은 아니죠. 단순한 살인일 수도 있고, 연관이 없을지도 모르니까요. 하지만 김 형사님의 생각은 사건을 훑어본 저의 의견과 정확히 일치했습니다."

30대 중반에 강직한 인상을 지닌 문정배는 검사들 사이에서도 '셜록 홈즈'라 불릴 정도로 추리력과 사건 판단력이 우수했다.

"문정배 검사입니다. 사건 해결을 위해 잘 부탁드립니다."

"……."

"아, 네네!"

고개를 숙이는 문정배 검사를 향해 두 사람도 고개를 숙인다.

사건은 문정배 검사가 지휘봉을 잡으면서 서서히 실마리가 풀리고 있었다.

*   *   *

"네. …네. 알겠어요. 지난번과 같은 곳에 성의로 조금 넣어두죠."

누군가와 통화를 하는 중이다.

특별 수사본부가 나에 대한 수사를 얼마나 진행시키고 있는지 알아야 했다.

그래서 삼영파의 진명환 사장에게 부탁해 수사에 참여한 이들의 명단을 빼냈고, 그들 중 한 명에게 정보를 받고 있었다.

"문정배 검사라……."

전화를 끊고, 방금 전에 들은 새로운 책임자의 이름을 중얼거렸다.

최철용이 제거를 부탁했던 사람.

그를 어떻게 할지 잠시 고민을 하다 자리를 오래 비우는 것 같아 술집으로 들어갔다.

오늘은 동아리 식구들과 학교를 벗어나 지하철 입구까지 원정 음주를 하러 왔다.

학교를 벗어나면 언제나 먼저 집으로 가던 노해윤까지 같이 따라온 덕분에 남자만 있을 때보다는 분위기가 좋았다.

"너, 화장실에 갔다가 변기에 꼬꾸라진 줄 알았다. 왜 이렇게 늦었어?"

"얘, 왜 이래요?"

잠깐 자리를 비우기 전까지 취한다며 홀짝거릴 뿐 술을 거의 먹지도 않았고, 안주도 살찐다며 안 먹던 애가 갑자기 둘 다 폭풍 섭취 중이다.

"갑자기 옆자리에서 시킨 크림 해산물을 보더니 눈이 돈 것 같다."

"매너 없이 술자리에서 자리를 이렇게 오래 비우다니. 벌주 세 잔!"

"그래, 먹자."

몸 관리하라고 몇 번 얘기했는데 그대로 따라하다 스트레스를 받은 모양이다. 음식 조절보다 나쁜 것이 스트레스다.

"근데 무찬아. 너 전역한 애들한테 미팅시켜줬다며?"

한태국 형! 부담스럽게 그런 표정으로 보지 말아요!

"네. 그랬죠."

"애들 얘기 들어보니 엄청 예쁘다던데……."

"의리 없는 놈! 나랑 태국이 형은 사람이 아니냐?"

황선동까지 가세해 나를 몰아세운다.

OT때 지선율과 약속했던 미팅은 쉽게 해결되었다.

혹시나 하루에게 부탁하면 되지 않을까 생각했는데 역시나였다.

VVIP 클럽 아가씨들 대부분이 대학생이었고, 그들의 친구들도 학교에서 한 미모 한다는 학생들이었다.

대한대학교라는 타이틀에 지원자들이 꽤 많아 벌써 3번째 미팅이 이루어진 상태다.

"해드릴게요. 대신 나갈 때 지금 같은 복장이면 안 돼요."

"하하하! 걱정 마라. 때 빼고, 광내고 가마. 자, 먹어라."

안주까지 집어준다.

"오빠들만 시켜주는 거야? 나는?"

꼴뚜기가 뛰면 망둥이까지 뛴다더니. 망둥이 노해윤도 미팅을 시켜달란다.

그러고 보니 내 주변에 남자가 없었다.

"그래? 그럼 생각난 김에 여기서 한 쌍을 만들자. 두 형 중에 한 명 찍어라."

"됐거든!"

"그럼 동기 중에 마음에 드는 애를 찍어라. 내가 무조건 꼬드겨 대령하마."

"진짜야?"

노해윤은 인기가 많다. 그녀에게 관심이 없는 남자라도 말하면 한 번쯤은 만나 줄 것이다.

"물론이지. 누구야? 이름만 말해."

"알았어, 내가 나중에 찍을 테니 그때 해줘. 자, 건배!"

술자리는 화기애애하게 흘러갔다.

대한대학교 기숙사는 11시면 출입이 통제되고 벌점이 부과되기 때문에 10시가 되자 두 사람은 일어났다.

"그럼, 내일 보자."

"들어들 가세요."

"낼 봐요, 오빠들~"

한태국과 황선동이 가고 술집에 둘만 앉아 남을 술들을 비운다.

"우니는 언제 온대?"

"술 다 마시고 전화한다고 했는데 연락이 없네."

우니와 해윤은 간혹 저녁을 같이 먹었기에 서로 친해진 상태였다.

평소라면 술을 잘 먹지 않는 우니가 도서관에 있다가 내 술

자리가 끝나면 운전을 해 집으로 향했는데 오늘은 과 선배들과의 자리라 피할 수가 없었다.

우니도 이곳 근처에서 술을 마시고 있었다.

"넌 먼저 들어가. 난 잠깐 기다렸다가 우니랑 대리운전 불러서 갈게."

"아냐, 우니가 취한 모습 보고 싶다."

"그러던지. 근데 여긴 답답하지 않니? 밖에서 바람 쐬자 술도 깰 겸."

"응."

술을 다 마시고, 둘만 얼굴을 맞대고 있으려니 불편해 밖으로 나왔다.

그리고 근처에 있는 초등학교를 돌며 걷는다.

"시원하다. 이제 봄인가 보다. 근데 속이 안 좋다."

"이 손은 뭐냐?"

"지압하라고. 특별히 허하노라~"

초등학교 앞이라고 초딩처럼 구는 건가? 귀여운 행동에 손을 잡고 지압을 해준다.

"자, 잠깐. 끄으으……!"

"그냥 시원하게 트림을 하소서. 제 입은 무겁사옵니다. 큭큭큭!"

지압으로 위와 장을 자극하자 트림이 나왔고, 그 트림을 참느라 노해윤의 눈에 살짝 눈물이 고인다.

"웃지 마!"

"네이~ 마마~"

계속 장난쳤다간 눈빛에 내 몸이 잘려 나갈 것 같아 꾹 참아야 했다.

"너, 여자 친구 있어?"

트림에 상처를 받아 말없이 걷던 노해윤이 진지한 음색으로 묻는다.

"응. 많아."

"애인은?"

'없다'라고 말하지 않았다. 난 노해윤이 누군지를 안다.

진성그룹 노찬성 회장의 딸.

물론, 얼마 전까진 그저 귀한 집 딸이구나 하는 생각은 했었다. 지금도 30m 떨어진 채 우리를 따르는 그녀의 경호원들이 눈에 띄지 않을 리가 없었으니까.

그러다 동아리실에 있는 책과 잡지를 읽다가 노찬성 회장의 사진을 봤고, 그때 해윤의 정체를 알 수 있었다.

딱히 해윤이 진성그룹 딸이라고 바뀔 것은 없었다. 그저 과와 동아리 친구에 불과했고, 그녀에게 나 역시 그저 친한 친구 정도일 거라 생각했었다.

하지만 방금 질문을 받고는 해윤의 마음이 내 생각보다 앞서고 있다는 걸 알 수 있었다.

"없구나? 하긴, 매일 술만 먹는 너한테 애인이 있을 리가 없지."

"응, 없어. 지금은 여자를 사귈 만큼 여유가 없거든."

난 노해윤이 다가온 만큼 내가 물러나기로 했다.

"치! 여자는 여유로울 때 만나는 존재가 아니거든."

"그럼, 어떤 존재인데?"

"글쎄, 내가 남자가 아니니 모르지. 다만 여자도 남자를 만날 때 그런 마음으로 만나는 게 아니니까 하는 말이야."

"여자에게 남자란 어떤 존재인지 말해줘 봐. 그럼 역으로 판단하면 되지."

"어느새 옆에 있는 게 자연스러운 존재랄까?"

"남자가 애완동물이냐? 그리고 역으로 생각하면 여자도 애완동물이라는 소린데……."

"아냐! 내가 표현력이 없는 것뿐이라고!"

"됐다. 차라리 내가 여자를 사귀어 보고 얘기해 줄게."

논점을 흐리게 만들고 얘기를 끝내야 했다.

말이란 하다 보면 자신이 모르는 걸 알게 하고 스스로의 마음을 깨닫게 만든다.

"우씨! 하여간 넌 너무 이성적이야."

"네가 이상한 거야. 대한대학교에 올 정도면 나 정도의 이성은 기본이야."

"말을 말자. 쳇!"

비뚤어질 거라는 듯 손을 뿌리치고 휑하니 앞으로 간다.

술기운에, 둘 만 거리를 걷다보니 감성적이 된 해윤이 이제야 정신을 차린 것 같아 다행이었다.

"차는 어디 있어? 우니는 아무래도 늦을 것 같은데 그만 들어가."

"알았어. 간다, 가! 내가 널 잡아먹니?"

"그래 푹 쉬고, 내일 보자."

난 싱긋 웃으며 어깨를 툭 쳤다.

하지만 그 순간 노해윤이 내 품으로 쏙 들어와 안긴다.

"뭐, 뭐야?"

화들짝 놀라 밀어내려 했지만 떨어지지 않는다.

"4년 간 외국에 있어서 이게 편하다며."

"……"

설마 신수호를 약올리기 위해 다혜와 했던 포옹을 염두에 두고 있었던 건가?

문제는 그녀의 경호원들이 달려올까 말까 고민을 하고 있다는 것이다.

"알았어. 가벼운 포옹이 인사지. 이건 껴안는 거야."

"좋으면서……."

변태냐? 경호원들이 눈을 부릅뜨고 있는데 너 같으면 좋겠니?

"또, 왜!"

품에서 떨어지며 손가락으로 가슴을 꾹 찌른다.

"탄탄하네."

"너, 내일 남자 희롱 죄로 감옥에 가고 싶냐?"

"약속 지켜."

"뭔 소리야? 무슨 약속?"

내가 하는 말을 무시하고 또 딴소리다. 결국 내 목소리가 한 옥타브 올라간다.

"동기 중에 찍으라며. 나, 그럼 간다."

경호원들을 향해 달려가는 노해윤은 환한 웃음을 지으며 손을 흔든다.

그녀가 사라질 동안 난 멍하게 서 있었다.

우니에게 전화가 오지 않았다면 한참을 그대로 서 있었을 것이다.

난 노해윤에게 찍혔다.

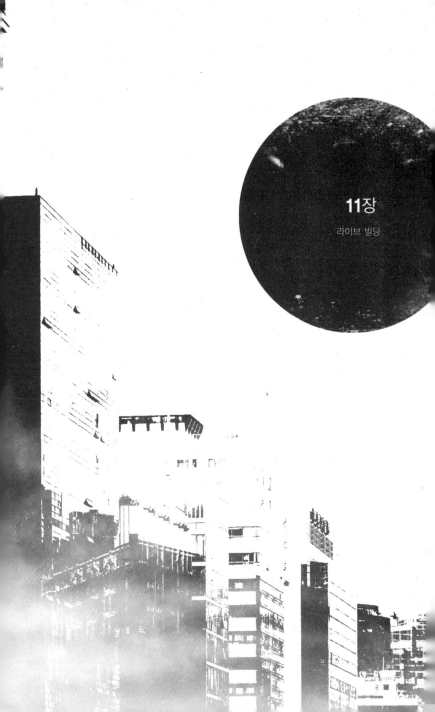

11장

라이브 빌딩

　남양주, 진접에 위치한 허름한 빌라의 203호. 그곳은 지금 신음 소리로 가득하다.

　"말해. 말한 사람만 고통에서 벗어날 거야."

　방바닥에는 두 명이 신음을 흘리며 누워 있다. 서서히 뒤틀리는 그들이 할 수 있는 건 아무것도 없다.

　그저 내 말에 답을 하는 것이 고통에서 벗어나는 유일한 방법이었다.

　"나, 남양주 호평동의 라이브 빌딩."

　"알아. 며칠 전에 본 이들도 똑같은 말을 하더군. 하지만 결국 그들의 입에선 동료들의 위치가 나왔어."

중화회는 나에게 찾아오라는 메시지를 보내고 있었다. 벌써 세 곳에서 라이브 빌딩으로 오라는 말을 들었다.

그리고 중화회는 활동을 멈추고 일제히 안으로 숨어들고 있었다. 이곳도 짐을 정리하고 떠나려는 찰나 붙잡은 것이다.

중화회 모두가 인천으로 모여들고 있음이 분명했다.

날 잡기 위해 자신들이 가진 모든 역량을 총동원할 곳을 찾아가는 건 어리석은 짓이라 생각했다.

그런데 더 이상 흩어져 있는 중화회를 찾기란 불가능해 보였다.

슬슬 반복되는 고문에 나 역시 지쳐가고 있었다. 평범한 생활이 나를 조금씩 바꾸고 있음을 느낄 수 있다.

"이번엔 내가 졌다. 그곳으로 가지. 대신 5월 2일 금요일에 갈 테니 준비 단단히 하라고 전해줘."

먼저 제압당해 반쯤 뒤틀린 이의 사혈을 찍고, 남은 한 놈의 혈도를 풀었다.

"전하라고 말했지? 그날 똑같은 일을 당하고 싶지 않으면 어떻게 해야 할지 알고 있을 거야. 고통보다는 죽음이 편할 거야."

의아해하는 놈에게 최면을 걸는 난 그곳을 벗어났다.

차라리 잘 되었다. 그저 숨어 있어서 나를 못 잡는다는 착각을 깨줄 것이다.

그들이 가장 자신 있어 하는 장소에서.

무기를 구하기 위해 황학동 벼룩시장에 왔다.

대충 아무거나 사용해도 되지만 얼마나 모여 있을지 모르는 곳이었고, 정면으로 치고 들어가는데 준비 없이 가는 건 싫었다.

"우와! 이건 뭐야?"

화사한 봄옷으로 갈아입은 해윤은 강아지처럼 좌판에 깔린 물건들을 보고 소리친다.

"옛날에 쓰던 다리미입니다."

무뚝뚝하게 앉아 있던 아저씨도 해윤의 모습에 웃음을 지으며 설명한다.

다가오는 해윤을 난 일정 거리를 두고 대했다. 더 이상 지압을 해준다고 손을 잡지도 않았고, 수업과 동아리 활동을 제외하곤 바쁜 척 피했다.

또한 사귈 마음이 없다고 확실히 선도 그었다.

하지만, 그녀에게 약속했던 미팅 때문에 어쩔 수 없이 오늘 동행한 것이다.

며칠 동안 미팅해 달라는 말에 난 그날 일을 기억하지 못한다고 시치미를 뗐다.

그러나 노해윤도 만만치 않았다.

그날 일을 상기시켜 주겠다더니 동기들이 잔뜩 모여 있는 강의실에서 날 안겠다며 난리를 치는 통에 결국 수락할 수밖에 없었다.

"이거 얼마예요?"

도검류와 손도끼, 가정용 식칼 등을 모포에 깔고 팔고 있었다.

그중 섬에서 썼던 미군용 단검이 보여 가격을 물었다.

"2만 원만 줘. 이건 일제 건데 2만 5천 원이야."

도검류를 가지려면 도검 보유 허가증이 있어야 했다. 하지만 이곳에서는 묻지도 않고 따지지도 않았다.

"5만 원에 그 옆에 표창까지 주세요."

"이게 표창이었어? 여기 있어."

뫼 산(山) 자 모양의 얇은 10여 개의 표창과 단검 두 자루를 사서 여전히 이런저런 물건을 구경하는 노해윤이 눈치 채기 전에 품속에 넣었다.

"여기서 뭐해?"

"구경."

한참을 신기한 듯 여기저기 구경을 하다가 떨어져 있는 날 보곤 조르르 달려온다.

"근데 여긴 뭐 사러온 거야?"

"특별히 뭘 사러 온 건 아니야. 그냥 미팅이라고 카페에 앉아 있다가 저녁 먹는 것보다는 낫지 않아?"

"헤헤. 그러네. 미팅보단 데이트가 낫지."

요즘 계속 이런 식이다.

내가 사귈 마음이 없다고 했을 때 상관없다고 했다.

대신 고백하기 이전과 똑같이만 대해 달라고 말했다. 그러다 보면 자연스레 자신도 마음을 정리할 수 있을 거라나 뭐라나.

애초에 틈을 보인 내 잘못도 있었기에 그 부탁마저 거절하지 못했다.

"그래, 니 맘대로 생각해라."

낮이면 완연한 봄 날씨라 벼룩시장은 구경나온 많은 이들로 북적이고 있었다.

구경하며 걷다보니 자연 사람들과 이리저리 부딪히는 해윤과 거리가 떨어진다.

문제는 지나가는 사람들마다 유난히 도드라진 그녀의 가슴 부분을 쳐다보면서 예전에 걸어둔 최면이 깨져 가는지 점점 어깨가 좁혀진다.

"괜찮아, 어깨 펴."

살짝 어깨를 감싸고 살기를 옅게 발산했다. 살기에 사람들은 시선을 돌렸고 무의식중에 길을 연다.

"점심이나 먹으러 가자."

"응!"

사심은 없었다. 오늘 꼭 해야 할 일이 있는데 겁을 먹으면 안됐다.

고소한 기름 냄새가 코끝을, 지글거리는 소리가 귀를 자극하는 빈대떡 집이 눈에 띄었다.

"빈대떡 먹을래?"

"응. 냄새를 맡으니 도저히 못 지나가겠다."

"그럼 여기서 먹자. 그리고 저기 뒤에 널 따라오시는 분들도 드시라고 해라."

"…알고 있었어?"

"저기 봐라."

난 뒤돌아서 경호원들을 가리켰다.

지금까지 노해윤에게 경호원이 있었다는 사실을 몰랐다고 하더라도 오늘 분명 알게 되었을 것이다.

많은 사람들이 거리에 있지만 검은 양복을 입고 땀을 흘리며 해윤을 뒤따르는 두 명은 눈에 안 띄려야 안 띌 수가 없었다.

"눈에 많이 띄는구나."

"그렇지? 고생하는 분들이니 집에는 얘기하지 말고."

고개를 끄덕이던 해윤은 경호원들을 곤란해 하는 경호원들을 데리고 왔고, 난 두 자리를 잡고 들어가 빈대떡을 시켰다.

"언제부터 알았어?"

"뭘? 너한테 경호원이 있다는 거? 그건 학기 초부터 알았어. 택시 태워준다고 해도 싫다고 하지, 차로 집에 데려다 준다고 싫다고 하지, 처음엔 날 싫어하는 줄 알았어."

"그건 아냐!"

"어쨌든 그 뒤에 네가 저분들하고 차를 타는 모습을 봤어."

"이상하지 않았어?"

해윤은 젓가락으로 빈대떡을 헤집으며 묻는다.

"이상할 게 뭐가 있어. 우니도 얼마 전까진 경호원과 다녔는데. 험한 세상이야. 능력만 있다면 대부분의 부모님들이 자녀에게 붙여주고 싶을 걸."

"헤헤. 그렇게 생각하다니 다행이다."

이번 1학년 MT는 강촌에 있는 콘도미니엄을 예약했는데 해윤은 참여하지 않는다고 했었다.

하지만 일부러 경호원에 대해 말함으로서 참여하게 유도를 한다.

"그럼, 경호원에 대해선 내가 책임질 테니까 이번 1학년 MT에 꼭 참석해."

"그럴까?"

"그리고 생각보다 우리 과에 경호원을 대동하고 다니는 애들 꽤 돼. 그래서 아예 추가 요금을 받고 방을 내줄까 생각 중이야."

"알았어. 참여하도록 할게. 그리고 생각해 줘서 고마워."

'미안.'

고맙다는 말과 함께 환하게 웃는 해윤에게 마음속으로 사과했다.

사실 해윤와 그녀의 경호원들은 오늘 나의 알리바이를 위한 증인이었다.

특별 수사본부의 수사가 나에게 미치지 못할 가능성도 있었다.

하지만 사채업자의 돈의 흐름을 추적하다 보면 우니가 나올 테고, 나 역시 그들에게 알려질 것이다.

그때를 위해 난 하루하루 증거물과 증인들을 만들고 있었다. 그리고 특히 이번 라이브 빌딩의 경우는 알리바이가 필수였다.

그래서 MT장소도 남양주를 거치는 강촌으로 잡은 것이다.

이후론 5m 정도 뒤에 경호원을 대동한 채 시장을 걷기 시작했다.

"이 비녀, 진짜 예쁘지 않니?"

그녀가 가리키는 비녀의 끝에는 예쁜 나비가 앉아 있었다.

"얼마예요?"

"6만 원. 진짜 은이라 가격이 좀 나가는 편이지."

"살게요."

돈을 지불하고 난 비녀를 해윤에게 건넸다.

"자, 선물."

미안한 마음에 은비녀를 마음에 들어 하는 해윤에게 선물했다. 사실 예쁘다기보다는 위험할 때 무기로 쓰면 좋겠다는 생각이 드는 물건이었다.

"…고마워."

"혹시 의미 따윈 두지 마라. 그저 친구로서의 선물이니까."

마치 연인에게서 선물을 받는 사람처럼 구는 노해윤에게 한마디 던지곤 나도 증거물이 될 물건을 샀다.

따가운 햇살을 싫어하는 나에게 맞는 오래된 선글라스였다.

*   *   *

MT 장소로 이미 출발한 1학년과 달리 나와 노해윤은 동아리실에 있다.

"…대충 정리됐으니 저희는 MT 다녀올게요."

"재미있게 놀다 와라."

"해윤아, 술 잔뜩 먹고 무찬이 덮쳐 버려. 킥킥킥!"

"오빠!"

보유하고 있던 주식들 중 일부를 제외하곤 대부분을 오늘 정리했다. 더 가지고 있으면 더 오를 종목도 있었지만 굳이 오늘 팔고, 두 가지 다른 종목을 샀다.

이유는 간단했다. 라이브 빌딩을 가기 위한 시간 끌기였다.

"무한테크원 매도 시점만 잘 맞췄으면 이익이 상당했을 텐데……."

한태국은 코스닥기업인 무한테크원의 매도 시점을 놓쳐 손해를 본 것이 유독 아까운지 모니터를 향해 탄식을 토해낸다.

"그나마 손실이 적었잖아요."

난 1억이 넘는 손실을 보고, 다른 세 사람은 50만 원 정도 손실을 봤다. 하지만 다른 곳에서 본 이익을 생각한다면 그리 아쉬워할 금액은 아니었다.

나는 진성전자에 40억을 투자해 5억의 이익을 얻었고, 2억을 풋옵션에 투자한 우성정보는 6억의 이익을 얻었다.

우성정보에 대한 나의 예상은 정확했다.

우성정보 사장은 투자 실패에 대한 책임을 지고 사장 자리에서 내려왔고, 새로운 인물이 사장에 올랐다.

그래서 전(前) 사장이 사퇴하기 전, 3분의 1토막 난 우성정보의 주식을 샀다. 그런데 그게 원래 주식 가격으로 서서히 오르면서 상당한 이익을 주고 있었다.

이외에도 VVIP 클럽에서 주는 정보를 이용한 투자는 많은 수익을 주고 있었다.

"최고점에서 팔았다면 돈이 얼마야? 이건 분명 작전주가 틀림없었어."

내 생각에도 작전 주였지만 이미 지나간 일이었다. 아마 한태국은 삼 일 간의 휴일 동안 내내 저러고 있을 게 분명했다.

해윤과 경영대학 건물을 나와 그녀의 차가 있는 곳으로 갔다.

"동생이 차를 가지고 가는 바람에 신세 좀 질게요."

"어차피 가는 길인데요. 타세요."

우니가 속한 의과대학도 MT였는데 난 그녀에게 타고 가라고 차키를 줘버렸다.

차는 대한대학교를 나와 올림픽 대로를 타고 빠르게 MT 장소로 향한다.

"밖에 나오니 정말 좋다!"

반쯤 열어놓은 창으로 시원한 바람이 들어왔고, 들떠 창밖을 보며 외치는 노해윤의 긴 머리가 얼굴에 닿으며 간지럽힌다.

막 서울―춘천고속도로에 들어섰을 때 전화벨이 울렸다. 늦게 가는 나를 대신해 학생들을 이끌고 있는 반장 중 한 명이었다.

"응, 왜?"

―어디냐?

"이제 막 고속도로 탔다. 무슨 일 생겼냐?"

―문제는 없어. 근데 샀다고 생각했던 깻잎하고 상추가 없다. 어제 분명 확인할 때까진 있었는데, 이상하네.

"알았어. 내가 사갈게. 또 필요한 건 없어?"

―내 속옷 좀 부탁하자. 벌써 물에 두 번이나 빠졌다.

전화기의 볼륨은 최대한 높여져 있어서 옆에 있는 노해윤을 물론이고 앞에 있는 경호원들에게도 들릴 정도였다.

"상추하고 깻잎이 없대?"

"응. 아무래도 잠깐 사가지고 가야 할 것 같은데……."

"이 앞에 화도 IC로 빠져서 사면 될 것 같아요, 아가씨."

"그럼, 그래 주세요. 아저씨."

"번거롭게 만들어서 죄송해요."

난 사과를 했고, 경호원들은 괜찮다며 웃는다.

화도 IC를 빠져나온 차는 화도읍이 아닌 평내 호평 쪽으로 좌회전을 한다.

"바보. 그냥 직진하면 화도읍이잖아."

"맞다. 내가 왜 갑자기 좌회전을 한 거지?"

"쯔쯧! 그냥 가. 차 돌리는 시간이 더 걸리겠다."

조수석에 앉은 경호원이 머리를 긁적이는 운전자를 보며 혀를 찬다.

난 그 모습을 보고 빙긋이 웃었다. 모든 게 계획대로였다.

"시장 쪽으로 가야겠죠?"

"그냥 요 앞에 세워두세요. 제가 뛰어가서 사가지고 올게요."

차는 시장에서 조금 떨어진 골목길에 주차되었다.

"그루잠!"

그루잠은 '깨었다가 다시 든 잠'을 말하는 순수 우리말로, 최면의 시동어로 심어둔 말이었다.

세 사람은 그대로 잠이 들었다.

난 가방을 열어 옷을 갈아입고 단검과 준비한 물건을 챙긴 후 차문을 잠그고 밖으로 나왔다. 그리고 골목길로 목적지인 라이브 빌딩으로 달렸다.

라이브 빌딩은 8층의 건물로 1층부터 4층까지는 음식점, 병원, 학원, 커피숍, 노래방 등 생활시설이, 5층부터 8층까지는 노인 요양 병원이 영업을 하고 있었다.

사각지대를 이용해 최대한 CCTV를 피한 나는 계단을 이용해 4층과 5층의 계단 중간까지 올라왔다.

'20분.'

이곳에서 시간을 길게 끌 생각은 없었다.

20분 안에 속전속결로 해결하고 차로 돌아갈 것이다.

대한대학교 근처에 위치한 초등학교 앞 문구점에서 산 유리구슬을 엄지와 중지에 끼워 철문 위에 위치한 CCTV를 향해 튕겼다.

파악!

CCTV와 유리구슬이 만나 화려한 폭파를 만들어낸다.

바로 철문으로 달려가 내공을 손에 실고 굵은 자물쇠를 잡아 비틀었다. '빠직!' 소리를 내며 문이 열린다.

쾅! 쾅!

6층으로 올라가는 길은 구조변경이 있었는지 완전히 막혀 있었다. 어쩔 수 없이 5층 실내로 들어가는 철제문을 몇 번 두들겼다.

CCTV가 부서지면서 내가 온 것을 눈치 챈 중화회의 인물들이 이미 문 앞에 빙 두른 채 숨을 죽인 채 대기 중이었다.

어떻게 해야 할지 순식간에 머리에 그리곤 뒤로 물러났다가 온몸에 내공을 두르고 문을 어깨로 강하게 밀었다. 양쪽 콘크리트에 고정 되어 있던 경첩이 떨어지면서 문은 안으로 밀렸고, 그 순간 문과 함께 안으로 몸을 날렸다.

푸르르르르르르르르륵! 푸슉! 푸슉! 푸슉! ……!

소음기가 장착된 자동소총과 권총이 일제히 문을 향해 불을 뿜는다.

철제문이 날아 올 거라곤 생각 못했는지 무작정 자동소총을 쏴 철제문을 기대고 있는 등에 철제문을 두드리는 총알의 느낌이 전해온다.

푸슉! 핑! 푸슉! 핑!

왼손에 들고 있던 권총의 방아쇠를 당기고, 오른손에 한 움큼 쥔 구슬을 훤히 보이는 놈들에게 일제히 쏘았다.

"크윽!"

"켁!"

"피, 피해… 크악!"

그림처럼 문 옆에 있는 놈들이 쓰러졌고, 자동소총을 들고 정면을 향해 쏘던 이들은 철문을 피하려 했다.

하지만 철문은 순식간에 두 명을 덮쳤고, 벽과 철제문에 끼인 그들은 끔직한 죽음을 맞이한다.

권총과 구슬을 다 사용한 나는 양손에 단검을 역으로 쥐고 남아 있는 4명을 향해 달려들었다.

"그냥 쏴 버…"

스각! 스각!

두 팔이 잘리고 목에 가느다란 실선이 생긴 놈을 지나쳐 막 총을 나에게 겨누는 놈의 총을 잡아 앞으로 당겼다.

푸르르르르륵!

맞은편의 두 명이 쏜 총은 자신들의 아군을 유린하지만 멈출 줄을 모른다.

스각! 스각! 스각! 스각!

난 벽을 밟고 두 놈의 사이에 내려 단검을 휘둘렀다. 이미 심장이 멈췄는지는 관심 없었다. 오로지 그들의 움직임이 완전히 멈출 때까지 벴다.

입구에는 아수라장이 펼쳐졌다.

안정감을 주던 병원의 흰 벽은 붉은 피로 더럽혀져 몸속에 있던 악마를 서서히 깨운다.

핑! 핑! 핑! 핑!

복도를 통해 걸음을 옮기려는 찰나, 건너편에 이미 상당수의 2진이 총을 쏜다.

피에 묻은 자동소총을 들어 쐈지만, 죄 없는 벽만 흉하게 뜯어나갈 뿐이다. 뫼 산 자 모양의 표창을 꺼냈다.

검지, 중지, 약지에 끼워 하나씩 던진다.

제비처럼 복도의 벽과 바닥을 날아가던 표창을 부드럽게 휘어지며 적들을 하나씩 쓰러뜨린다.

"으~, 으……."

2진이 있던 복도를 지나는데 표창이 팔과 머리를 꿰어 죽지 않은 인물이 신음 소리를 내며 나를 향해 총을 쏘려고 했다. 왼팔로 기를 머금은 표창을 막다가 힘을 못 이겨 기괴한 자세로 죽어가고 있었다.

"난 적이 아니야. 적은 바로 너야!"

그는 몽롱한 눈이 되어 날 향하던 총을 자신에게로 돌리며 방아쇠를 당긴다.

그런 모습을 물끄러미 바라보던 난 다시 걸음을 옮겼다.

5층은 3진까지 있었다. 그들을 물리치자 ㄷ자로 된 복도의 끝에 6층으로 올라가는 계단이 있었고, 6층은 다시 5층과 역

방향으로 적들이 나타났다.

이번엔 복도형 방에서 끊임없이 칼과 도, 창을 든 적들이 나타나 날 위협했다.

자동소총과 권총으로 무장한 5층보다 훨씬 살벌한 곳이 6층이었다. 인간의 기운을 감지하는 내 능력을 파악했는지 기운을 지운 놈들이 불쑥불쑥 나타났다.

"끄아아아~"

이번에도 기척을 지운 2m는 넘어 보이는 거구가 갑자기 나타나 뒤에서 날 덮쳤다.

전방으로는 도끼와 창을 든 네 놈이 복도에 포진된 상황이었기에 꽤나 위급한 상황.

발을 찍었다. 하지만 놈은 자신을 희생할 생각을 했는지 비명을 기합처럼 내뱉으며 두 팔로 조이며 들어 올린다. 그와 함께 두 개의 도끼가 연속해서 다리를 찍어온다.

"하압!"

5층에 있는 철제문을 부술 때처럼 온몸에 내공을 보냈다. 순간적으로 무거워진 내 몸의 무게를 이기지 못한 덩치 때문에 발이 땅에 닿았고, 발목을 살짝 돌리는 힘이 허리와 몸 전체로 전해졌다.

2m가 넘는 덩치가 붕 날아 앞에 있는 4명을 덮쳤다. 그리고 그 틈을 이용해 단검이 춤을 춘다.

갑작스럽게 앞을 막는 덩치에 놀란 도끼병의 갈비뼈 사이로 단검의 날이 박히고, 내 다리를 찍으려다 덩치의 다리를 찍은 놈의 목이 날아간다.

그리고 찔러오는 창을 허리를 굽히며 피하고 마치 팽이처럼 돌아 창을 든 두 명을 갈기갈기 찢는다.

"으득! 악마 같은 놈!"

도끼에 찍힌 다리를 절뚝거리는 덩치가 이를 갈며 나를 노려본다.

"나를 이렇게 만든 건 너희들이야."

"헛소리! 천외천에서 우리를 죽이라 명한 건가?"

"천외천에 대해선 들어본 적도 없어. 그리고 너희들을 죽이는 건 내 개인적인 복수지, 그 이상도 이하도 아니야."

"하하하핫! 네놈이 쓰는 수법이 천외천의 것인데 참으로 옹색한 변명이구나!"

"내가 쓰는 수법이 천외천의 것이라고?"

"그래! 통극소사 점혈법과 방금 전 보여준 소력주산(少力走山)은 천외천의 비전이 아니더냐!"

"처음 듣는 얘기군."

"갈! 끝까지 시치미를 떼다니!"

덩치와 더 얘기를 하고 싶지만 6층에서 너무 시간을 지체했다. 중국의 인해전술이 6층에서 벌어졌기 때문이다.

그리고 속전속결로 하다 보니 내공도 거의 바닥을 향하고 있었다.

"복수를 하러 왔는데 믿지 않으니 왠지 억울하네. 위에 가면 말이 통하는 사람이 있겠지."

말이 끝남과 동시에 덩치에게 접근했다.

"멀쩡하게 보내진 않겠다. 금강장!"

안 그래도 큰 손바닥이 순식간에 눈앞으로 다가오면서 마치 거대한 파도가 날 덮치는 듯했다.

콱! 콱! 콱! 콰직!

하지만 터질 듯한 팔의 요혈을 칼로 찍고 쇠골이 만나는 지점의 지기혈에 단검을 꽂았다.

"그륵… 큭."

덩치의 마지막 눈빛은 죽어서도 원한을 잊지 않겠다는 듯이 강렬했다.

하지만 억울한 사람이 죽어서 원한을 갚는다는 이야기는 믿지 않았다.

이야기가 사실이라면 세상은 지금보다 훨씬 평화로울 테니까.

7층으로 올라갔다.

"뭐지?"

조금 당황스럽다. 마치 온몸에 살기를 받은 듯한 느낌이랄까? 수백… 아니, 수천 자루의 총구가 나를 향해 겨누고 있는 느낌이다.

인기척도 느껴지지 않는다.

아무리 기척을 죽일 수 있는 능력자들이라고 해도 살기를 발하면 위치가 노출되게 마련이다. 한데 7층에는 인간의 기운이 느껴지지 않는다.

이 말은……

"빌어먹을 놈들!"

남아 있는 내공을 다리와 어깨로 보냈다. 그리고 환자들을 수용했을 방문을 열고 쇠창살로 가로막힌 창문을 향해 뛰었다.

쇠창살을 우그러트리며 창문이 깨지는 순간 뒤에서 '꽝 꽝!' 하는 소리가 연속적으로 터져 나오며 수많은 구슬이 날 향해 날아오른다.

클레이모어.

대인 지뢰로 폭발과 동시에 700여개의 쇠구슬이 쏟아져 나오며, 후폭풍 또한 사람을 갈가리 찢어발겨 버리는 지향성 지뢰.

콰아앙!!!

7층 전체에 얼마나 많은 클레이모어가 설치되었는지 모르지만 7층뿐만 아니라 건물 전체의 창문이 일제히 터져 나간다.

사람들의 비명 소리와 갓길에 주차되어 있던 차들에 달린 도난 방지 장치가 시끄럽게 울어댄다.

1초만 늦었어도 이미 걸레가 되어버렸을 나는 6층의 창문

난간에 붙어 있다가 깨진 창으로 다시 안으로 들어가 7층으로 올라갔다.

방과 복도의 구분은 사라졌고, 수많은 구슬들이 자신의 일을 마치고 찌그러져 있다. 그리고 스프링클러가 정신없이 물을 토해낸다.

클레이모어를 격발시킨 전선들을 따라 8층에 올라가자 격발 장치를 누른 장무계가 넓은 공간의 가운데 서 있었다.

"그 와중에도 살아 있었군."

그는 내가 살아 있음에 놀라면서도 그럴 줄 알았다는 표정이다.

"꽤 위험한 짓을 하는군."

"난 자네가 재미있어 하리라 생각했는데 아니었나 보군."

"재미? 큭큭!"

난 호주머니에 있던 구슬을 왕창 움켜지고 장무계의 뒤를 향해 던졌고, 구슬이 사라질 때까지 반복했다.

"피, 피해!"

내공이 간당간당해 약간의 기운밖에 넣을 수 없었지만 합판 뒤에 숨어 있던 이들의 목숨을 끊기에는 충분했다.

"개 같은 놈!"

"난 당신이 재미있어 하리라 생각했는데 아니었나 보군."

"……."

"지금 당신의 기분이 조금 전, 6층 난간에 매달려 있던 내 기분과 비슷한 것 같은데……. 어때? 재미는 느낄 수가 없었지?"

몸에 구멍이 뚫려 죽은 이들을 바라보던 장무계는 처음보다 굳어진 얼굴로 묻는다.

"천외천인가?"

"좀 전에 덩치 큰 친구도 그렇게 물었는데 아니라고 대답했어."

"그럼 왜! 우리에게 이러는 건가?"

"날 죽이려 한 복수지."

"우리가 널 죽이려 했다고? 그럴 리가 없어. 우리는 표적을 단 한 번도 놓친 적이 없어. 그리고 너 같은 실력자를……! 가만, 자네 설마……."

"다행이네. 생각이 안 난다고 했으면 생각날 때까지 괴롭혀 줄 생각이었는데."

"허허허허! 그랬군. 이제야 이해가 되는군. 천외천의 손을 벗어난 놈이 있을 줄이야."

"무슨 말이지?"

장무계의 말에 얼굴이 급격히 굳어졌다.

"허허허! 자네 반응을 보니 말해주기가 싫어지는군. 내 동생에게 통극소사를 사용한 걸 보니 고문에도 일가견이 있는 것 같은데… 어디, 나에게도 한 번 해보거나."

"그러지."

팔괘장의 기본인 몸은 다른 방향을 보고 얼굴과 손만 나를 향하는 자세를 취하는 장무계다. 그리고 서서히 나를 중심으로 원을 그리며 돈다.

섬에 정통 무술가는 없었다. 하지만 잡혀온 중국인들도 놀랄 만한 무술이 존재하고 있었다. 하지만 그냥 필요에 의해 배웠을 뿐 누가 어떻게 전해줬는지에 대해선 어느 누구도 몰랐다.

아니, 오직 한 사람, 클로버는 알지도 몰랐다. 그는 무술의 고수였고, 그 무술에 수많은 살인기술을 더한 대가였다.

원을 도는 장무계의 움직임을 살피다 보니 눈이 어지러워지며 그가 여러 명으로 보이기 시작한다.

"어지러워."

난 가볍게 중얼거리고 눈을 감았다. 고수에게도 순간 최면은 통했지만 지금은 사용이 불가능했다.

어둠 속에 그의 움직임이 정확히 그려지자 공격을 시작했다.

두 개의 단검이 번개처럼 장무계의 오른팔과 허리를 노렸고, 장무계는 나의 공격을 부드럽게 받아 넘기며 내공이 깃든 팔이 내 어깨를 노린다.

공방은 빨랐다. 막고, 피하고, 뻗고, 찌르고, 훑고, 긁고,

돈다.

섬에서 벗어난 나는 과거에 비해 약해져 있었다. 주변에 누군가 가까이 있음에도 죽음의 위협을 느끼지 않았고, 기억의 소멸 때문에 걷기 수련도 하지 않았다.

사채업자를 처리할 땐 오늘과 같지 않았다. 지금보다 더 잔인했고, 마음속에 아무런 멈춤도 없었다.

장무계와 공방을 하며 섬에서의 나와 지금의 나 사이의 차이를 알게 되었다.

난 지금 죽고 싶지 않다는 생각을 하고 있었다. 경찰의 조사를 생각하고, 안전을 먼저 생각했다.

"큭큭큭큭!"

진득한 살기가 가득한 웃음이 앙다문 이를 뚫고 나온다.

알게 되었음에도 바뀌지 않으면 난 구제불능이 되어버렸다는 뜻. 나의 움직임이 바뀌었다.

팔을 스치는 장(掌)을 피하지 않고, 끊어지는 공격을 이었다. 장무계의 장은 거둬지며 수비로 바뀌었다.

이 한 수가 전환점이었다. 난 끝임 없이 공격을 했고, 그는 수비에 일관하게 되었다.

장무계의 단점이 보였다. 그는 많은 내공을 가지고 있었지만 나처럼 자유롭게 사용하지 못했다.

남아 있던 마지막 내공을 두 팔로 옮겼고, 속도가 한층 빨라졌다.

푹푹!

"크윽, 큭!"

장무계의 왼팔과 오른쪽 겨드랑이를 찔렀다. 그와 동시에 더욱 악귀처럼 달려들며 눈을 떴고, 순간최면을 걸었다.

1초에 불과한 최면이었지만 전투 중 1초는 생사의 시간이었다.

스스스스슥!

두 무릎의 연골을 가르고 다리로 가는 신경을 끊었다. 그리고 모로 쓰러지는 그의 요혈을 찍어 자살하지 못하도록 만들었다.

그에게 이제 답을 들어야 할 차례였다.

장무계는 눈앞의 악마가 묻는 말에 거부도, 거짓도 말할 수 없었다. 자신이 아닌 누군가가 대신 질문에 답하는 것 같았다.

"…죽이라는 청부였지만 일부는 죽이지 않고 천외천에 팔아넘겼지. 그들이 사람을 사서 어떻게 하는지는 알 바가 아니니까."

"그들과 연락은 어떻게 하지?"

말하지 마! 형제들을 위험에 빠뜨리면 안 돼!

온몸을 부수는 듯한 고통만 아니라면 거부할 수도 있겠지만 고통은 의지마저 약하게 만들었다. 그리고 이번에도 의지

완 상관없이 말이 나온다.

"몇 명이나 필요한지, 어디로 보낼지는 중국에 있는 형제들이 그들과 얘기를 하지."

"좋아! 고통은 곧 사라질 거야. 중국 중화회의 위치와 사람들에 대해 얘기해봐. 어차피 당신은 죽으면 그만이잖아."

고통이 사라질 거라는 것이 거짓말이 아니라는 걸 알았지만 악마의 속삭임은 달콤했다. 그는 결국 그가 묻는 모든 것을 말해주고 말았다.

건물의 폭파 때문에 달려온 경찰과 119구조대의 사이렌 소리가 가까워지자 비로소 악마는 떠나려 한다.

"그, 그냥 죽여줘!"

"10분만 견뎌. 난 4년을 버텼어."

그게 끝이었다. 놈이 뒷모습에 저주를 퍼부었지만 닥쳐오는 고통에 그마저도 불가능했다.

"으아아아아아아아!"

수축되는 근육이 신경을 찢고 뼈를 압박하자 눈앞이 하얘지며 고통은 극에 달한다. 그리고 그 고통은 아주 어린 시절 그의 스승에게서 들은 통극소사 파해법을 기억하게 만들었다.

파해법이라기 보단 그저 고통에서 벗어나는 방편에 불과했다.

자신이 가진 내공과 원기를 일순간에 폭발시켜 점혈법을 무력화시키지만 살 수 있는 시간은 고작 1분을 넘지 않는다고 했다.

하지만 그는 지체하지 않고 행했다. 어차피 죽음은 피할 수가 없었다.

구우웅!

일평생 모아온 내공과 원기가 사라짐이 아쉬운 듯 방 안의 공기가 운다.

항상 힘이 넘치던 몸이 다 죽어가는 이처럼 축 늘어졌지만 통극소사의 고통은 씻은 듯이 사라졌다.

"허, 허허허······."

허탈한 웃음이 나왔다. 살아온 일생이 허무하게 느껴지는 그였다.

하지만 그는 마지막으로 해야 할 일이 있었다.

온몸의 힘을 쥐어짜 전화기를 꺼내 어디론가 전화를 건다.

그 시간이 마치 슬로비디오를 보듯이 답답했지만 장무계는 개의치 않았다.

"···천외천으로 보낸 놈이 살아왔습니다. 놈을··· 조심······."

전화기에서 들리는 소리를 무시하고 자신이 할 말만 했지만 다 끝내지 못하고 장무계는 눈을 감았다.

—…장 노사! 장 노사! 무슨 말이오? 장 노사……!

　적막한 라이브 빌딩 8층엔 축축한 바닥에 떨어진 전화기만 홀로 살아 소리치고 있었다.

『복수의 길』 3권에 계속…

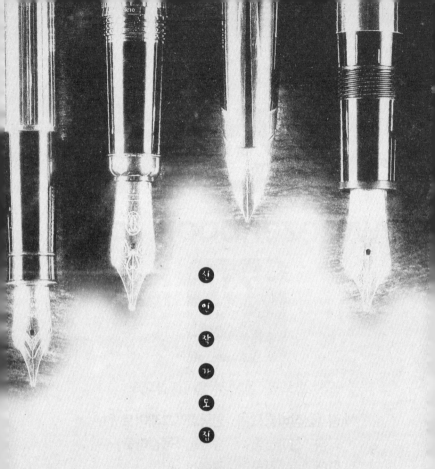

FUSION FANTASTIC STORY
천성민 장편 소설

짐승의 규칙

『무결도왕』, 『다크로드 블리츠』
천성민 작가의 신간!

「짐승의 규칙」

살아야만 했다.
나를 위해 희생당한 부모님을 위해.
복수를 위해.

죽여야만 했다.
내가 살기 위해 타인의 목숨을.

그렇게……
나는 짐승이 되었다.

Book Publishing CHUNGEORAM

FANTASY FRONTIER SPIRIT

이중민 판타지 장편 소설

Mighty Warrior
영웅병사

복수를 다짐한 소년 병사.
붉은 제국을 향해 깃발을 세운다.

영웅병사

평온한 유년 시절을 보내던 비첼.
어느 날, 붉은 제국의 깃발 아래에 사랑하는 가족을 빼앗기고 만다.

"도끼… 도끼라면 다룰 줄 압니다."

병사가 되고자 참가한 전쟁에서 소년은 점점 영웅이 되어 간다!

쓰러져가는 아버지의 등을 억하며,
아직 어린 소년으로서 도끼를 들고 붉은 제국과 싸우 위해 일어선다.

제국과의 전쟁에 스스로 뛰어든 소년!
병사, 비첼 악센트
이것이 영웅 탄생의 시작이다!

Book Publishing CHUNGEORAM

www.chungeoram.com